彈一場完美戀愛

First Note of Love

| 影視改編小說 |

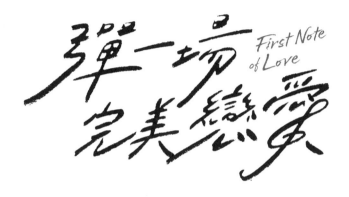

彈一場完美戀愛

First Note of Love

目次

contents

曲目1　吸引力法則

一張使用過的高鐵票和一張未撕票的演唱會門票；一場開唱在即的演唱會和一則臨時插播的即時新聞。在此之前，他從未想過世界崩塌的感覺是什麼，原來當某個地方如土石流般剝落時，是安靜無聲的，無論人潮再喧囂，無論眼前畫面變得扭曲歪斜，都不及他內心崩潰瓦解的痛。

> 預定將於本日晚間七點在高雄巨蛋舉辦第一場巡迴演唱會的知名樂團Magnet，被證實在前往會場的路上發生嚴重車禍，兩名成員Matt和Neil送醫搶救。經紀公司已證實Matt於到院前已無心跳，至於主唱Neil尚無後續消息……

電視牆上的插播新聞如一顆原子彈，哀鴻遍野的卻只有準備參加演唱會的一萬兩千人。對於許多人來說，這仍然只是一個再平凡不過的假日，是過了今天就不會再想起的日子。

但對於小海來說，這是他心中的星星殞落的日子。殞落的星失去了聲音，劃過天際的瞬間造成的轟動也只是驚鴻一瞥。他緊握著手中的票，這一晚，他在巨蛋門口待到百貨公司都熄燈才離去。地上滿是散落的演唱會海報，臉書社團的通知訊息不斷，他一則也不敢點開。

「沒事的，會沒事的。」他的低喃無法傳達給任何人，就像本該傳達給一萬兩千人的歌聲，就這樣被一場車禍帶走。

小海驚醒過來。他又調音調到睡著了，而且還夢到了那場惡夢。

他拉開第一層抽屜，拿出皮製的盒子，裡頭有一張充滿皺痕的演唱會門票，無聲的嘆息在內心擴散。六年了，Magnet自從發生這場意外，被留下的Neil自此銷聲匿跡，社團裡的討論聲音也愈來愈少，這顆星星的閃耀就快要被時間的洪流沖走，而他什麼也做不了。

他用iPad開啓電子琴，手指輕輕點幾下就順利完成一個簡單的節奏混音。他哼起Magnet的歌曲，這是一首節奏中板、間奏長的歌曲，最特別的就是幾句歌詞間的間奏，總會讓人聽著聽著，猶如置身在一輛奔馳的夜車中，快速掠過的路燈就像星空，而在寂靜中嘶吼的歌聲，總是重擊他的心臟。

小海彈奏著再熟悉不過的音符，不時地跟著旋律哼著、沉浸在每一個強而有利的音階中，雖然抒發了思念，卻老是覺得不夠。無法聽到原唱再次演唱，就是不夠。

他將注意力放回自己的曲子上，手指重新在主控鍵盤上飛舞，耳機裡流瀉出來的音樂沒有任何人的影子。他再次進入只屬於自己的世界中遨遊，不斷重新調音了一整晚，一首令他滿意的新曲總算誕生。

在電腦畫面顯示音樂完成輸出時，他鬆了口氣，目光飄向不斷閃爍通知的手機，這才發現已經早上十點了！

手機裡，企管學姊傳來的訊息更讓他晴天霹靂：「學弟，你等著重修吧！」

「糟了！」他慌張跳起來，完全顧不得自己的頭髮亂翹，匆匆忙忙地抓了背包就趕往學校。

等紅綠燈時，他再次拿出手機查看其他漏掉的訊息，發現總是會在他頻道留言的粉絲 Jellyencore 又留言了。

「好喜歡 Sea 的作品，期待新作！」

紅燈秒數倒數十秒，他收起手機。哪怕熬了一整夜，但僅僅是這樣的訊息，就足以媲美十瓶提神飲料。他感覺自己還可以再熬個好幾個晚上寫歌，只因爲有人在等著自己的音樂。

有人在等的感覺很好，小海不知道那顆被遺留的星星，是否也能感受到，還有很多人也在等待他。如果他知道了，是不是也能像自己一樣，充滿能量願意繼續前進。

等到小海衝到教室時，課堂早就結束，他焦急地尋找和自己同組的學姊亭菲，卻被其他同學叫住。

「小海，你也有上『行銷與數位經營導論』這堂課？」

「我……」

「最近系學會在徵人，希望大二的同學可以參加，你有興趣嗎？」

他其實一點興趣也沒有，無奈被兩、三個女同學團團圍住，他根本進退兩難。

「我們的活動不會很多，只有一個宿營和期末表演……」

小海終於鼓起勇氣打斷，「對不起我現在有點忙，系學會的事，妳問別人吧！」他趁著女同學微微側身時，抓住空隙擠出去，這才擺脫積極的幾個同學們。

「好可惜，爲什麼帥的人都這麼冷漠？」

「就是高冷才帥啊。」

「但其實他的臉算可愛型的耶。」

「這種眼睛大大卻冷漠的氣質，不覺得更有魅力嗎？」

「眞的！」

小海永遠不知道，自己不善交際的形象，反而讓他莫名其妙地多了許多粉絲。畢竟在他心裡，現在只想要快點找到學姊道歉！

四處找不到人的情況下，他打給亭菲，對方卻不接不回也不讀訊息，他只能不斷傳了道歉的貼圖，只差沒錄一個土下座的影片給她。

就在這時，手機螢幕跳出了一個信件通知訊息：「Echo Music合作邀約」。他的心跳漏了一拍。這間音樂公司他當然知道，一時之間他竟然不敢馬上點開，直到走出學校到機車旁，才敢慎重地開啟信件。

Hi Sea，我是Echo Music的經紀人Reese，經由同事介紹，對於您的音樂作品留下深刻的印象。近期我們正在籌備一項全新的音樂計畫，將打造Magnet主唱Neil的全新迷你專輯，誠摯邀請您擔任作曲人。若您有意願，請及時回信，進一步討論合作細節。期待您的回覆。祝順心，Reese。

他輕輕抿著嘴，不敢相信自己看到的內容，隨即手一沉，望著車水馬路的車流。他完全沒把被邀請當作曲人這件事當成重點，而是把那句「打造Magnet主唱Neil的全新迷你專輯」在心裡放大再放大。

「他要回歸了嗎？」等了六年，終於要等到了嗎？

Echo Music左右林立著商業大樓，在都是四四方方的商業大樓之間，唯獨Echo Music這棟半圓弧曲線設計的黑色大樓顯得特別顯眼。大樓三分之二的樓身掛著巨大的樂團演唱會宣傳海報——這是Echo Music目前當紅的月球漫步樂團的海報，他們即將在年底展開第一場巡迴演唱會。兩男一女的組合，配上其中一對男女還是情侶的賣點，讓這個從大學時期就組成的樂團，一正式發片就受到矚目。他們地下時期累積的粉絲聲量在這唱片式微的時代，仍然賣出很漂亮的數字，更不用說演唱會門票開賣即秒殺。

Neil坐在副駕，快要到公司時，看著巨幅海報上的演唱會宣傳，目光停在那句「2024月球漫步首場巡迴演場會」上，他那原本已經很陰鬱的氣息，變得更加沉默。

保姆車在大門外停下，Reese立即下車替Neil開門，這不是爲了服務他，而是爲了預防他一開車門就逃走。

車門拉開後，戴著黑色鴨舌帽的Neil看著Reese的架勢感到無奈，只好伸出穿著夾腳拖的腳，不甘願地落地，一米八的身子就這樣被另一個差不多高的Reese拉著走。比起其他藝人是被保護得好好地下車，Neil看起來更像剛剛被活捉的現行犯，畢竟他現在滿臉鬍碴、頹廢長髮的風格，像極了跑路多時的通緝犯。

「有必要抓得這麼緊嗎？」

「誰知道會不會一鬆手，你就跑走？」Reese很無奈，每次要把這個逃跑慣犯抓來，不消耗個幾百大卡是做不到的，他現在已經把抓Neil來公司這件事當成有氧訓練了。

「我不會逃跑，都還沒吃早餐就被你抓來，餓得跑不動。」

Reese按下電梯後，面無表情地說：「喔？是嗎？上次你說熱得頭暈走不動，結果我鬆手按個電梯你就跑了。上上次你說幫歌迷簽個名就好，結果簽完你讓歌迷幫你擋我，也成功跑了。還有上上上……」

「好了、好了！別唸了，我怕你了。」

「您眞是說笑了，您何時怕過？」

Neil認命地閉上嘴，不敢再得罪這位大經紀人。

抵達樓層後，小莓已經在辦公室門外等待，她迅速地拉開玻璃門，笑道：「老闆早，

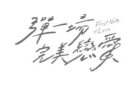

Neil好久不見。」

距離上次Neil成功被逮來這裡，確實是有陣子不見了，他禮貌微笑，還來不及回話就被拉往Reese的辦公室。

「Sea回覆了嗎？」Reese邊走邊問小莓，他已經出力到流了不少汗，只因爲Neil直到此刻都還在找機會等他力氣鬆懈要逃走。

「還沒。」

一進入辦公室，Neil就甩甩被抓到快發麻的手臂。「都到這裡了，可以放手了吧？」

「不跑了？」

「我還能跑去哪？」

Reese狐疑地慢慢放掉，Neil便抓準時機轉身就要跑，而小莓早料準這樣的事，她輕輕伸出腳，硬生生地把這名逃犯絆倒。

「哇靠！妳太狠了吧！」Neil吃痛地抱膝，但另外兩人完全沒有要同情他。

「咦，你怎麼自己走路就走到跌倒了呢？是不是因爲太久沒出門了？」小莓裝傻地說完就快速離開，好似剛剛伸出來的腳不是她的。

Neil的逃跑遊戲玩了半天，只得投降，Reese早就在玻璃桌上擺著幾份資料在等他。

他無奈地坐下，連拿起資料翻閱的動力都沒有。

「你的合約今年就要到期了。」

「到期了會怎樣？」

「沒有續約你就去當流浪漢！」

「我現在的造型不是挺像的？而且我又不缺錢。」

「你哪裡還有錢？難道要把你和你哥買的房子賣了？」

Reese提到了不該提的關鍵字，讓Neil沉默半晌，最後才用著不情願的語氣說：「我可以續約啊。」

「續約當然可以，前提是你得復出啊。」

不該提的第二組關鍵字出現，Neil又沉默好幾分鐘。Reese很有耐心，也不催他，只要他好好坐在這裡願意討論，他要沉默多久Reese都願意等。

Neil清清喉嚨地說：「不是我不願意復出，我可以接代言、接廣告，甚至我覺得……我這個造型幫我去接個流浪漢的角色來演都可以。還有啊，你下次跟小莓說一下，把人絆倒這種事太不文明了，也很不尊重我……」他說著說著就離題，但其實是故意的。

「如果你不復出，生涯眞的會結束了。」Reese不給他逃避的空間，強硬地把話題拉回來。「我知道把希望放在你身上，對你也很不公平，但你能不能看在公司過去照顧你的份上，再努力試試看？」

「我知道你也有你的難處，也已經很爲我著想了，可是……」Neil眼底閃過一絲狡黠，話鋒一轉地說：「既然你也覺得把希望放在我身上不公平，那我就先走囉！謝謝你的體諒！」

Reese終於失去最後一絲優雅談判的模樣，重重地用力拍桌！砰！

「合約如果到期的話，Magnet的音樂版權也會到期。你眞的希望你哥的音樂被公司賣掉，賣給根本不懂你哥音樂的人？」

Neil原本還嬉皮笑臉，一聽到這些關鍵字，終於不再想著要跑，而是低著頭，一句話也說不出來。

「快點給我振作起來！替公司賺錢！」Reese說著丟給他一支手機。「上面是你的新作曲候選人，聽一下吧。」

手機螢幕上顯示的是一個頻道的連結，頻道名稱是「Sea」，頭像圖案是一個黑底配上彩色PICK的圖案。他看著頭像，又看了看已經走出辦公室在跟小莓說話的Reese，接著偷偷走到門邊轉動門把，才發現門被反鎖了！這個Reese爲了害怕他逃走，竟然把辦公室的門改成從外面反鎖的，眞夠絕！

Neil無法逃走，愈想愈煩躁，乾脆把百葉窗轉上，眼不見爲淨。

他戴上耳機，瞪著手機上的頻道看了很久，終究沒有點開任何一首歌來聽。連他自己都搞不懂，自己到底在抗拒什麼。

「如何？」Reese過了半小時才進來，他看Neil有好好地戴著耳機，認爲他終於願意面對「復出」這件事了。

「還行。」

「還行是什麼意思？」

「字面上的意思囉。」

「你到底有沒有聽？我已經寫信約他了。」

「我……我想去上廁所。」

「你不要再耍花樣囉。」

「你把我關了好幾個小時，連上廁所都不行？」

Reese沒有辦法，便放他出辦公室，但見Neil走沒幾步立刻就往電梯的方向跑，Reese和小莓只能無奈目睹這個無時無刻都想跑的人溜掉。

「老闆……」

「我累了，隨便他吧。」他今天光是爲了把Neil帶來好好說明現況，就已經耗掉大半體力。他打開手機原本想傳訊息罵Neil，卻看到了Sea的回信，信上表明對方非常有意願。看來也不是什麼事都不順，至少起頭還是好的。

Neil從電梯出來，確認了沒有半台電梯是從Reese那層下來的，這才放慢了腳步。經過大廳櫃檯，櫃檯的服務人員連看都沒看他一眼。曾經，他還記得自己和哥哥只要一踏進來，就像自帶了聚光燈似的，所有的目光都集中在他們身上，而那時的他們，甚至還是沒正式出道的素人。

他垂眼走出大門，有那麼一瞬，他彷彿看到了當年他們兄弟倆，一人揹著吉他，一人揹著電子琴，面露忐忑地踏進這個改變他們未來的唱片公司。

他其實不只一次想過，如果那時他們不要出道，是不是Matt如今還會好好地站在自己身邊，還會像從前一樣拉著他去各大酒吧、餐酒館演出?

「不……哥不是那種人。」他低喃。走出唱片公司大樓，他仰頭望著大樓上的海報。他很清楚他想的那個「如果」，無論歷史重來幾次，Matt一定還是會決定出道，因爲這是他的夢想。即便直到最後，他都還是不知道哥哥堅持要走上這條路的原因是什麼。

——「等我們的第一場巡迴演唱會順利結束，我就告訴你，那個你一直想知道的答案。」

——「聽答案前我可以先吃炸雞嗎？」

「早知道那時就不要說那麼蠢的話。」他每次回憶起過往片段，都會發現過去的自己幼稚到不行。他在Matt面前總是可以那麼無憂無慮，只因爲他很清楚自己不用那麼急著成熟，天塌下來之前，Matt一定會擋住。

只可惜，他的世界還是塌了，塌得亂七八糟，面對內心的斷壁殘垣，他連整理的能力都沒有。

Neil形單影隻地沒入熱鬧的人群中，無論這個世界的顏色再繽紛，都無法爲黑白色的他，染上半點顏色。

♬

位在西子灣旁的露天酒吧，距離正式開店還剩下一個小時，小海正爲開店做準備，將店內所有的椅子一一放下擺好。

忙碌之餘，他也不忘和老闆阿良分享收到信的事。

「Neil？真的假的？」

「我看信上是怎麼寫的。」

小海解鎖手機後，又繼續排椅子。

「我以為他出車禍過世了，原來還活著。」

「他活得好好的，你別詛咒人家。」

「所以過世的是另一個啊……你怎麼還沒回信？不想去？」

「我玩音樂又不是為了當個作曲人，而且……」他欲言又止，最後乾脆不解釋了。

阿良作勢放下手機，卻在小海一走進廚房，快速地拿起手機回覆信件：「您好，謝謝貴公司的邀請，我願意！」他滿意地看著自己的傑作，拿起吧台上的編織帽戴上，開開心心地走去店外欣賞今日的夕陽。

一直專注在工作的小海全然不知情，等到忙完一切開店的準備後，他拿起手機偷偷搜尋「Neil」的名字，卻只出現那些多年前他看過好幾次的新聞——「Neil表演中斷」。

他沒有時間繼續思考是否接受邀約的問題，阿良的酒吧向來生意很好，訂位的客人準時上門，他只能暫時忘掉煩惱，投身在忙碌的時光中。

小海就這樣忙到打烊，才注意到阿良不好好結算，竟然對著手機在嘆氣。

「怎麼了？」

「我又失戀了。」

「你有談戀愛？」

阿良給小海看手機對話的畫面。「她說要跟我吃飯，想改用ＩＧ聯絡，結果我給了ＩＧ以後，她就已讀不回了……是不是我長得太好看，讓她以為是詐騙？」阿良搓著下巴質疑。黝黑的肌膚配上瀟灑的長髮，再加上ＩＧ版面都是衝浪的照片，他覺得自己實在是沒道理會被人已讀不回。

「好喔。」小海完全認眞聽，換下制服就要走。

「陪我去吃宵夜啦！」

「去找你的網友啦！」但小海最後拗不過阿良，只得乖乖陪他去附近的熱炒店。

附近的熱炒店一般都開到凌晨四點，所以哪怕現在才凌晨十二點多，店內依舊高朋滿座，兩人順勢在外頭露天的座位坐下。

小海在等待阿良去結帳點餐時，注意到旁邊一桌的客人似乎很吵鬧，只見他們正在糾纏一名穿著兩截式賽車裝的酒促小姐，想藉著買酒的名義搭訕。

「我剛剛跟妳買了一手，要個LINE也不行？」

「我們公司有規定不能和客人私下聯絡……」

「妳這小姐很不上道耶，我們這桌今天也不只喝這一手，等等還會跟妳再買個兩手喔。」

「很抱歉眞的不行……」

「現在是怎樣？我們放著店裡便宜的酒不買，捧場妳的酒，妳這麼不給面子？」

「公司規定是規定，妳不說、我們不說，誰知道我們有聯絡？」

女孩原本還一直好聲好氣婉拒，最後覺得這些人根本就是以爲她好欺負，她也不演了。「這位先生，我是做酒促又不是做酒店，你這桌更是才花兩千不到，是沒錢上酒店，才來這裡找？」

「妳這女人是在大聲什麼？」

一直在旁觀看情勢的小海，眼見情況愈演愈烈，趕緊擋到女孩前面。「她就說不要了！」

「幹嘛？毛都沒長齊就來這裡演英雄救美？沒被揍過？」

「我們在跟小姐喬事情是干你屁事？」

幾名酒客紛紛站起來，氣氛變得緊繃，顯然小海和女孩根本敵不過，但他倆也沒有要退縮的意思，不想就這樣向惡勢力屈服！

「你們夠了喔！」女孩喊道。

「會怕喔？」酒客咯咯地笑了，舉起拳頭就要揍向小海——

就在小海閉眼要挨下這拳時，才發現有個外表相當頹廢且高了他一顆頭的男人，輕輕鬆鬆便抓住拳頭。

「又來一個多管閒事的？」

酒客因爲拳頭被擋下而感到羞辱和不滿，乾脆拿起椅子就砸！男人立刻將小海拉到身後，不哼一聲地擋下椅子攻擊。此時阿良也回來了，眼看場面變成群架模式，他也不甘示弱地加入助陣。

場面亂成一團，有人丟椅子、有人丟酒瓶，店家忙著報警，其他客人則忙著趁亂離開。

阿良拉著女孩躲過酒瓶攻擊。「妳沒事吧？」

「你們莫名其妙！幹嘛打起來？你不要再丟酒瓶了！」

「我是在保護妳耶！」

「誰需要你保護啦！」

眼看已經亂到無法控制，阿良乾脆拉著她就跑，而一旁的男人見狀，也順手牽著小海逃跑。畢竟逃跑這種事，對於男人來說，往往都很擅長。

四人竄進社區的小巷裡，東躲西跑地各自往不同的方向躲。

阿良和女孩跑到社區中心前，這才停下來猛喘氣。

她受不了地說：「大叔，我還在上班耶，你們搞這齣我一定會失業啦！」

「大叔？我？我只是想幫妳……剛剛那麼危險。」

「我本來可以自己解決的，而且還不會失業。」

「妳要怎麼解決？」

她從隨身側背包裡拿出辣椒水、手指虎還有甩棍，一臉得意展示自己的防身武器。

「我說小妹妹，妳拿這些家私出來，也一樣會失業好嗎？」

「我不管啦！反正我鐵定失業了，都是你們害的。」

「不然，妳要來我的店裡打工嗎？」

「你的店？」

「大學入口前的一間叫做『Nice Music Bar』的酒吧，我們店每天凌晨十二點就打烊了，如何？」

她狐疑地打量了阿良一下。「大叔，說話算話喔，還有薪水也不能故意很差！」

「知道了，我可是個好老闆呢。」但如果她繼續喊他大叔的話，就不好說了。

另一頭，因爲酒客整群都只鎖定小海這邊追的關係，小海和男人直到躲進了暗巷夾縫內，這才聽著叫囂聲逐漸遠去。

當小海正要放鬆說話，男人比了「噓」的手勢，將小海拉到夾縫的更裡面，驚險地躲過跑進巷子內的另外一名酒客。

小海很少和人有這麼貼近的距離，兩人的身體緊緊貼著，他的臉靠在男人的胸膛上，男人劇烈起伏的胸口一下又一下地觸碰到他的臉頰。他緊張想要閃躲移動，男人怕危機還沒解除乾脆緊抱著小海，想讓他別亂動。

小海被陌生人突然這樣一抱，緊張地抬頭，嘴唇卻一不小心碰到了正低著頭看他的男人……

男人的吐息在小海的鼻間流動，有股酥麻感從小海的腳底竄起。過了好幾秒後，他才趕緊移開嘴唇，低著頭，腦袋鬧哄哄地，對於這樣的狀況完全一片空白。此時，他不經意地注意到男人的脖子上掛著一條印著字母「N」的 PICK 項鍊，隨著昏暗的光線微微反光。

「咳，應該可以出去了。」男人故作鎮定地說：「你先出去吧。」

「啊、好……」小海尷尬地移出身子，努力想把剛剛接吻的畫面甩掉。

「你沒事吧？」男人問道。

「沒、沒事，謝謝你。我先走了。」

「你先別亂跑吧，誰知道還會不會遇到他們。」

「我會小心的。」小海匆匆離去，一路往市區的方向走。直到人車變多之後，他這才放慢腳步，手不自覺地輕輕摸著嘴唇。光是這樣，就讓他有一股奇怪的感覺又竄上來。

他甩甩頭，努力想點別的，於是想到了男人的項鍊，他總覺得那條項鍊很眼熟。

此時阿良報平安的訊息傳來，小海一滑開手機，目光最先看到的不是訊息，而是信件回覆。上頭是唱片公司的回應，寫著非常高興收到回覆，要他幾月幾號幾點前往公司面談。

小海的理智線瞬間斷掉，立刻用語音訊息錄了一段怒吼給阿良：「阿良！你幹了什麼好事！」他又氣又惱，對他來說，這個夜晚發生了太多讓他感到不平靜的事了。

「我怎麼可能當他的作曲人啊……」

曲目2　過氣歌手

黑色半圓弧型的大樓聳立在小海的眼前，這棟大樓他每次經過，總是會多看上兩眼，記得他大一剛搬來高雄時，第一個參觀的景點就是Echo Music。

如今他即將要踏入這棟大樓內，和Magnet的經紀人Reese見面，當然也要和Neil見面。說不緊張是騙人的，但他擅長壓抑自己的情緒，無論內心多麼翻騰，外表就是看不出來。玻璃大門反射的模樣，是一名長得白白淨淨的男孩。

他在一樓櫃檯換證件後，便準備搭電梯前往Reese指定的樓層。進了電梯內，由於還有許多人，他不安地偷看著大家，心想這裡面的每個人都是在做著音樂相關的工作，光是這樣想，就令他更加緊張。

出了電梯，他站在玻璃門外不知所措，找了半天才找到門鈴，但沒想到開門的女孩卻問他：「飲料呢？」

「啊？」

「你不是送飲料的嗎？」

「我不是，我是……」

此時正牌外送員正好出電梯，他看著面面相覷的兩人說道：「飲料是你們叫的嗎？」

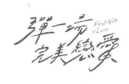

小莓這才知道自己搞錯人，有點尷尬地趕快付錢圓場。瞬間，她像是突然被電到一般，定睛看著小海問道：「你難道是Sea ?!」

「呃，對……我和Reese有約。」

小莓立刻收斂神色，擺出專業的姿態，「請跟我來。」

前往辦公室的途中，小海注意到走廊的沿途貼了不少Magnet過去的海報，以及兄弟倆的個人海報等等，那些海報因爲貼得時間已久，邊邊都有點微微捲起，然而海報上的笑容，卻沒有因爲時間的關係而褪色，尤其是Matt彈吉他的模樣，依舊帶有一種野性。

抵達辦公室後，Reese立刻招呼著小海。「來的路上還順利嗎?今天還是很熱呢。」

「我騎車來的，是滿熱的。」

「畢竟高雄只有夏天和冬天，根本就沒有秋天的涼爽可言嘛。」Reese輕鬆地話家常，果然讓神情緊張的小海放鬆不少。

「正式自我介紹，我叫Resse，這是我的名片。」

「您、您好，我叫Sea。」不太會面對正式場合的小海，只能惶恐地收下名片。

「你再稍等一下，等Neil來我們再正式談。」

此時小莓拿了三杯飲料進來，一杯全糖的綠茶給了小海。

「全糖的……」

「小莓，你怎麼給客人喝那麼甜的？全糖？」

「啊、抱歉！我怎麼會點到全糖？」小莓正要收回飲料，小海卻搖搖頭。

「我喜歡喝甜的，我不介意。」

「眞是意外！」

「Sea，你還是學生嗎？」Reese繼續開啓話題，「學生的話，學校活動應該會很多吧？」

「Reese，你可以叫我小海就好，我還不習慣有人當面叫我Sea，聽著有點怪。」

「好啊，那就叫你小海。」

「我目前讀大二，但我不太參加活動，除非是爲了做報告需要。」

「嗯、聽起來你比較喜歡獨處？」

「我不習慣和別人相處……」

「可是如果要長時間和別人一起工作的話，你有辦法適應嗎？」Reese本來只是想隨便聊一點的，不知不覺話題卻愈來愈像面試，果然又讓小海正襟危坐起來。

「Neil……眞的要復出？」

「對，計畫年底推出全新迷你專輯，所以才想找你來聊聊，想請你擔任作曲人。」

小海垂眼避開Reese熱情的視線，「我從來沒有當過別人的作曲人。」

「我覺得你的個性很超齡又沉穩，我認爲這正是Neil所需要的夥伴類型。」

「其實我作了一首曲子，想要給Neil聽……」就算他百般不願意答應這個邀請，但他還是連夜寫出一首他認爲很適合Neil的曲子。

Reese眼睛一亮，「你眞是太有效率了！」

辦公室的門突然被打開，只見Neil帶著不羈的目光掃了小海一眼，僅僅一眼，兩人就認出了彼此。僅僅一眼，那嘴唇交疊的畫面，同時在兩人的腦海裡炸開來。

Neil故作輕鬆地說：「是你？」

「你們認識？」

「認識。」

「不認識。」小海立刻否認，眼神迴避兩人，他都已經不知道自己的眼睛該放哪才好了。這麼尷尬的重逢，他只想找個地洞鑽進去！不對……原來昨晚的男人就是Neil！這點也讓他在內心裡放聲大叫！然而無論他的內心戲多麼激烈，表現出來的，依舊是不受影響的模樣。

「我們就是在路上遇到過。」Neil隨意解釋，並往沙發上一坐，示意讓Reese進入主題。

「Neil的迷你專輯預計會放兩首歌，Sea的作品你也聽過了，很適合你的聲線。」

Neil盯著小海看了一會兒，說道：「你應該是粉絲吧？畢竟看起來那麼年輕，那些歌眞的都是你寫的？」

Reese眞的很想一拳打在Neil的頭上，他很明顯就是故意要給人壞印象，讓這個合作談不成！但爲了維持Neil的形象，Reese只能忍住怒氣，盡量保持微笑。

「Sea是非常有才華的作曲人，而且有很鮮明的個人特色。」

小海被這樣當面質疑，卻沒有回嘴半句話，悶不吭聲低著頭，反而更激起Neil的勝負欲。

「你看起來年紀很小，高中生嗎？Reese，你不會眞的以爲學生寫的歌可以端得上檯面吧？」

這時，小海總算抬眼直視Neil，那堅毅的眼神裡沒有怒氣，反而是更添距離的冰冷，

「這和年齡有關係嗎？你出道的時候也只有十九歲。」

「看吧！果然是粉絲！難怪你的歌裡充滿Magnet的影子……」

Reese立刻打斷地說：「全世界都知道你出道的時候只有十九歲。小海，我們很喜歡你的音樂，你的音樂風格眞的獨樹一格，相當有辨識度。以你現在的年紀就有這樣的作品，簡直不敢想像發展下去，未來能到達到什麼境界，你是個天才少年。」Reese簡直用盡所有好的詞語在力挽狂瀾，他保證等等小海一走，一定要先好好修理這個只會逃跑又愛把事情搞砸的混蛋歌手！

「天才少年？Reese你是眞的找不到人了嗎？有必要爲了他，把好話說到這種地步？」

「你聽過我的音樂了嗎？」小海的情緒彷彿沒有受到任何影響，他只是靜靜地看著Neil。

Neil突然被反問這一句，不擅長說謊的他，表情已經透露出答案，這讓氣氛更加降到了冰點。

「小海，你剛剛不是說有寫一首很適合Neil的新歌……」

Neil有點惱羞成怒，他可是Magnet的Neil，出道的時候這小孩還不知道在哪裡玩沙呢！他憑什麼被這種連出道都沒有的素人質問？他聽過這小鬼的音樂已是榮幸，沒聽過也很正常吧？

「眞要我說聽了你的音樂有什麼感想的話，就是你的音樂裡處處充滿膽小懦弱，這可能跟你年紀小有關係，沒見過世面，這也不能怪你。總而言之，我覺得剛剛Reese捧你捧得太過了，你的音樂在我聽來非、常、普、通。」

Reese明知事態已如失速般惡化，但因爲小海都面無表情的關係，他還是試著圓場說道：「Neil，我覺得我們可以先聽聽小海帶來的新歌。」

小海的手機震動了兩下，他不顧禮儀地直接拿出手機確認訊息，訊息是亭菲傳來的：「學弟，不要忘記下午在社團辦公室見！你再不來我眞的不在教授面前保你了喔！」

「是誰找你？教授？」Neil故意套話地問道。

小海下意識地脫口回答：「是學姊。」

「所以你眞的還是學生啊？果然是小朋友。」Neil繼續出言挑釁。其實他也不懂自己幹嘛跟一個小孩這樣，但他就是看不慣小海明明年紀比他小那麼多歲，卻裝出一副大人的樣子老成又冷靜。

「你還懂音樂嗎？」小海收起手機問。

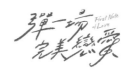

「什麼？」

「你都已經消失六年了，應該早就忘了怎麼唱歌了吧？」小海轉頭對Reese鞠躬行禮，「很抱歉，我眞的沒辦法和這種不懂音樂的過氣歌手合作。」說罷，他便踏著平穩的步伐走人。

Reese瞪了一眼深受打擊的Neil，他說眞的，自己總有一天會親手掐死這個小子！他急匆匆地追出去，其實很擔心這麼有才華的作曲人，若因爲今天這些話而從此再也不寫歌，那就糟了。

「小海！你不要放在心上，他沒有惡意，我們是眞的很喜歡你的音樂，而且我私心還是希望能和你合作。」

「我創作是爲了我自己，不是爲了要展現我是什麼天才少年，而且我也不覺得我是天才。你們還是找別人吧。」

Reese喪氣地目送小海離開，一把忍耐許久的怒火，就要爆發！

他走回辦公室，看到Neil竟然還維持著和剛剛一樣的表情動作，就知道小海最後那句話果然刺傷到他了。見他那樣，Reese竟又心軟地把那些怒氣降低了一半。

「你剛剛是怎麼回事，爲什麼要這樣挑釁一個男孩？爭贏了對你有什麼好處？不說話嗎？」

Neil被這連珠炮的問題轟炸到找回一絲理智，他咬牙切齒地說：「他竟然敢說我是過氣歌手！他？一個素人？」

「都已經六年了，不再站上舞台表演的歌手，還算是歌手嗎？他也沒說錯。」

「你……」

「你繼續搗亂不配合，難道是眞的想看Magnet消失嗎？」

Neil深吸口氣，過了半晌才說：「借我吉他。」

Reese喜出望外，這麼多年了，Neil終於主動碰音樂了！

Neil看到Reese拿出那把煙燻玫瑰色的吉他，嘴唇不禁抿緊。這把吉他是Matt第一次教他時使用的，之後就成爲他的第一把吉他。

他撫摸琴頸C和弦的位置，後方的撞痕依舊在，指甲刷過琴弦，卻完全不失音準，可以想見保管的人一直仔細地保養和調音。音箱發出的聲音有點悶，彷彿是思念的悲鳴，是在控訴他，也在控訴那個離開得太快的人。

他閉上眼，回想起關於那一年，他是怎麼因爲Matt，一頭栽進了音樂的世界。他從沒想過，用C、F、G三個和弦可以彈奏出那麼多種音樂，可以鄉村，也能搖滾。這是Matt送他的最大的禮物，他都忘了。他怎麼會忘了？

年長Neil三歲的Matt原先的夢想和音樂完全沾不上邊，他從七歲開始持拍打羽球，展現驚人的天賦，因而讓學校重點培養，十二歲就成爲羽球甲組球員，十五歲代表高雄市參加全國運動會羽球比賽，並且打入男單前八強。同年，他又去馬來西亞參加亞洲青年錦標賽，首場國際賽事就拿下亞軍，不容小覷。

然而，那除了是Matt的第一場國際賽事，也是最後一場了。從那次後，他就此消失在羽球界，只有學校教練知道，Matt的羽球生涯是不可能繼續下去了。

因爲Matt的個性總是求好爲上，在啓蒙羽球被認爲有潛力後，他除了配合學校教練的訓練，在該休息的時間，他也會自主加強練習；再加上他在跳躍起步的發力姿勢老是不良，而訓練他的教練也沒注意到，Matt即使知道膝蓋可能出問題了，也隱忍不講，導致他的病情在打完國際賽事後一發不可收拾。

不喜歡帶給別人麻煩的Matt，明明痛到都不能走了，還硬撐到回到家後才痛到昏厥。送醫檢查後發現，他右膝的半月板嚴重磨損，加上一直沒有就醫，就算治好以後也不能再從事劇烈運動。

Neil印象很深刻，當時Matt一直笑著安慰父母、教練和所有關心他的人，但在大家都離開後的夜晚，他會一個人偷偷在病房哭。Neil曾經在晚上偷溜進醫院想陪Matt，卻不小心發現了他在偷哭。原來哥哥不是大家所想的那麼樂觀、堅強。當時才十二歲的Neil懵懵懂懂地明白，不應該當場揭穿哥哥的軟弱。

Matt住院加復健的時間花了半年，好在勉強維持了出席數、順利畢業，並以不上不下的成績考上了二流高中。住院期間，Matt的教練送他一把吉他，原本是希望他不要變得太憂鬱，畢竟未來的人生還很長。沒想到Matt靠著自學，竟然短短半年就彈得相當不錯。

Matt曾經做過一場奧運選手的夢，在換了新的制服後，那個夢想就不再被人提起。媽媽將所有關於羽球的東西丟掉，然而爸爸卻覺得逃避不是男人，長期累積的不合瞬間爆發。Matt的高一生活甚至還沒迎來第一個寒假，就先迎來父母離婚。

最終父母獲得共同監護權，並由母親負責主要照顧。

Neil其實不是很理解父母到底爲什麼會因一點事情吵到離婚，但Matt告訴他，他們是因爲自己打羽球失敗才離婚的，他爲此感到很抱歉。Neil就算年紀還小，也知道不可能是這種原因，但他找不到可以好好表達的話語，只能默默跟在哥哥身邊，看他逐漸與音符爲伍。

「你教我彈吉他，好不好？」Neil在父母離婚的那年暑假，主動詢問。

那天是放暑假的第一天，Neil不但沒有和同學一樣，投入新的PS4遊戲世界，而是鼓起勇氣，像個準備拜師學藝的學徒，嚴肅且認眞地詢問。

「好啊。」Matt笑了，像是早就準備好似的，他拿出另一個吉他袋，裡面裝的是一把煙燻玫瑰色的木吉他。

「我想過了，如果你也學會彈吉他，我就學keyboard，我們兩個加在一起，就是一個樂團了。」

「樂團……？」Neil萬萬沒想到，他只是提出想要學吉他而已，Matt竟然已經想那麼遠。

在他的心裡，哥哥是一個永遠知道自己未來和目標的人，而這次，Matt把他也放進了規劃裡。他覺得心裡暖暖的，暑假的第一天，他看到的不只是炙熱的陽光灑進房間，還有他們兩人的未來，也在那瞬間刺眼得讓他無法直視。

暑假兩個月過去，Neil已經達到可以背譜彈唱的程度，Matt自己也沒閒著，用存款買了一台二手電子琴，整天都和Neil窩在一起，一人練爬格子，一人練哈農練習，常常練到兩人都抽筋，卻反而哈哈大笑。

兩人都在各自學校的吉他社一展個人魅力與音樂天賦，並逐漸探索出各自擅長的音樂。那段時光總讓媽媽認爲，自己的兩個兒子本來就很喜歡音樂，羽球什麼的，似乎不曾存在於誰的心中過。

「你喜歡音樂嗎？」Matt 在高三畢業前夕，罕見地問了 Neil 這麼直白的問題。

「喜歡啊。」

「是怎樣的喜歡？」

「嗯……喜歡和哥一起彈唱，和哥一起練習……」

「怎麼都是和我有關？」

「哥和音樂對我來說就是一體的。」

「這樣哪天只有你獨奏的時候，怎麼辦？」

「不行，那樣我又會很寂寞了。像以前那樣……」他沒提到「羽球」這個關鍵字，但 Matt 懂。

「所以，現在有了音樂，你就不寂寞了吧？」

「嗯！」

Matt寵溺地摸摸Neil的頭，「那以後我們一起表演吧。」

「表演？你是說像校慶時，有人報名上台表演的那種表演？」

「那個規模太小了。我們一起去有萬人的舞台表演，讓更多寂寞的人，聽我們的歌就不寂寞了。」

這句話戳中了Neil，他懂那種感覺。每次好不容易等到哥哥回家，哥哥卻累得連澡都沒洗就睡了；好不容易等到了寒暑假，每天直到睡前都還見不到哥哥的感覺，太寂寞了。本該是熱鬧的雙層床鋪，卻像只有他一個人在睡。

「可是……會有那麼多人想聽我唱歌嗎？我覺得哥更有天分，寫的歌也好好聽，我……」

「你還記得我寫的那首還沒有想好歌名的歌嗎？我原本對那首歌的想像應該是快節奏的，但就因爲這樣，我想不出該爲它寫什麼詞。直到上次你選了中速彈奏，我從你的演奏中聽到了那首歌的靈魂，所以，我已經在寫詞了。那是我們的歌，沒有你，我無法好好完成它。」

Neil一聽覺得有點害羞又覺得心暖暖的，「我、我眞的只是剛好在練習。」他又說：「哥，我眞的沒有辦法想像要在那麼多人面前表演，其實我在社團裡……其實每次成發的時候，我都故意假裝拉肚子！」

「原來這才是你每次都故意不告訴我成發是哪一天的原因？因爲你根本不會上台？」Matt瞇起眼看著弟弟，想著該用什麼方法增加他的自信才好。

「明天是我的畢業典禮，你知道吧？」

「當然啊！爸媽和我都會去。」

「把你那把吉他帶著。」

「爲什麼？」

「我們學校樂隊的吉他手生病了，明天沒人幫大家好好彈奏畢業曲，你來幫忙，可以嗎？」

「我?!」

「對啊，其他會彈吉他的要在下面領畢業證書呢。」

才國三快畢業的Neil哪裡知道自己信任的哥哥會騙人，他只能爲難地猶豫好久，才鬆口答應。

次日畢業典禮時，揹著吉他的Neil在旁觀席戰戰兢兢，直到有位學姊帶領他到後台，才看到Matt不在前面等著領畢業證書，竟然也拿著吉他在等待。

「怎麼回事?」

「我們要上台啦,唱那首〈YOU〉,我寫的第一首歌,你早就熟得連睡覺都會唱了,絕對沒問題。」

「咦?!哥!你騙我?」

Matt露齒一笑,「你哥是賊船的船長,不騙你騙誰?走了!」他勾著Neil的肩,他完全沒有逃跑抗拒的機會。半推半就地走上台後,他就後悔了。

舞台下滿滿的都是人,那些人睜著一雙雙的眼睛,這樣的畫面看在Neil的眼裡,簡直比恐怖片還恐怖!

他的呼吸愈來愈急促,手指也抖得連一個和弦都壓不緊,更遑論對著麥克風開口唱歌。

此時,Matt已經對大家簡單介紹完畢,一轉頭看見臉色慘白到隨時要昏倒的弟弟,他隨即走上前,用額頭靠著弟弟的額頭,輕聲說道:「這首歌我是寫給爸媽的,歌詞的意義你很清楚,這點我沒騙你,我們唱給爸媽聽,他們也很寂寞。」

這句話有如一劑沁涼的銀針,掉進了Neil的心湖,泛起漣漪的同時,也泛起旋律。

他重新調整呼吸,目光看向Matt。兩人練習的默契,早就不需要任何提示,一個眼神就能開啓表演模式。

那天，他除了不時地看著Matt，也偷看好幾次台下的爸媽，也不知道是不是他眼花，他覺得寡言的爸爸好像眼眶紅紅的，而媽媽早已淚流滿面。

他想，他們的音樂一定已經讓爸媽不再感到孤單，一定有好好地傳達出去了。

♬

「這首〈YOU〉，用慢板不插電的方式呈現，原來是這種感覺嗎？」

Reese不可思議地看著Neil，他差點就聽到哭了。一來是他以爲這輩子都不會再看到Neil唱歌，二來是這首Magnet的熱門歌曲，過去從來沒有用這種方式呈現過。

原曲的呈現方式以Matt的keyboard solo爲亮點，三十二秒的長前奏和三十秒的間奏是這首歌的記憶點，最後再配上看似平和沒有語氣的唱腔，實則將歌詞好似在安慰人的詞意，更加唱入聽眾的心。這就是他記憶中的〈YOU〉，是他初次聽到他們演奏這首歌時，就決定一定要當他們經紀人的〈YOU〉。他沒想到這首歌還能有完全不同的表現方式。

「什麼感覺？」

「很溫暖，本來這首歌的感覺是被理解、被認同，但你剛剛唱的感覺，是彷彿直接有雙手，接住我的感覺。」

其實想被接住的人，是Neil自己。

他剛剛不過是把自己的情緒傳達進去，會用比較溫暖的彈奏方式，也是因爲手指的繭都已消失壓不緊弦，他不得不簡化編曲，讓編曲回歸最初的模樣。

下一秒，Reese突然背過身，姿勢看起來像在拭淚。

「你不會眞的哭了吧？」

「我沒哭。」他擦完眼淚轉過來，卻一點說服力都沒有。

「明明就有。」

「Neil，歡迎回來。」

僅僅這一句話，就逼得Neil差點就要卸下武裝。

恍惚間，他彷彿看到是Matt這麼對他說，彷彿聽見了Matt說：「你終於想起，音樂可以驅走你的孤單。」

驅走孤單又如何？音樂又無法驅逐思念。

Neil深吸一口氣，忽然用著兇狠的目光看著Reese，「那個小朋友還敢說我是什麼過氣歌手？不懂音樂？過什麼氣？我又帥又會唱，還把你都唱得感動涕零了！哪裡過氣？」

「你去哪……？」

「我要去找那個小朋友，讓他對我的音樂心服口服。不對，是讓他對我的音樂崇拜到五體投地，對曾經說過那種話的自己感到羞恥！」

Reese嘆口氣。他才剛剛爲Neil的音樂而感動，沒想到這人一離開音樂，馬上又變回幼稚鬼。

曲目3　主唱先生

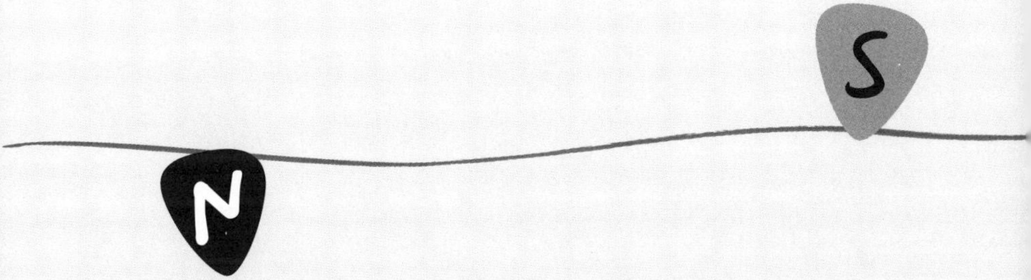

大學裡偶爾也會有好看的景色，比如樹林大道初夏時，阿勃勒花樹滿開，漫天飄落的黃花散落，和藍天白雲形成一幅初夏勝景；比如啦啦隊在廣場訓練時，穿著藍白相間的制服在半空中旋轉，堪比紛飛的花；又比如白皙又有明亮五官的男孩，奔跑在走廊和人群間，所經之處的目光都忍不住回眸一看。

「那是企管的小海啊……」

「他好像也只有在匆忙的時候，看起來比較有表情？」

「剛剛那猙獰的表情，的確平常不容易看到呢。」

「你們兩個，報告就要做不完了，還有心思在說這些。」

小海上氣不接下氣地衝到社團辦公室，只見一名金色長髮女孩戴著藍光眼鏡，雙手正忙碌地在鍵盤上飛舞，她僅僅瞥了小海一眼。

「學姊，抱歉我遲到了！」

小海眼見亭菲不理會自己，更顯得慌張無措，看起來比小白兔還無辜的模樣，就連亭菲都有點招架不住。她沒好氣地摘掉眼鏡，「我沒化妝看起來差那麼多嗎？」

小海愣了愣，定睛看著亭菲好幾秒，這才把她的眉眼和昨晚的酒促女孩重疊在一起。

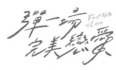

「你們害我都被炒魷魚了！」

「對不起……」

「我已經找到下一份打工。」

「眞的？好快！太好了！」

「但是之前說要幫你做報告的事就此取消。」

「這樣我要重修嗎？」小海哀怨又可憐，看得亭菲有點於心不忍。

「還是會幫你列在分組報告上啦，別用那種表情了，搞得我像後母似的。」

小海喜出望外，趕緊拿出包包裡的零食給她，「這個送給妳，當成道歉的禮物！」

亭菲看著這包巧克力球，問道：「這是超商買的吧？」

「妳不喜歡嗎？那很好吃耶，一顆接一顆停不下來噢！」

亭菲愣了好幾秒，確定小海沒在開玩笑，終於失笑出聲。誰會料到社恐小海也會有這麼純眞的一面。

「還好是巧克力，我喜歡。」

話家常結束，兩人立刻進入工作模式，亭菲重新戴上眼鏡說道：「我們這次要做實際品牌的行銷演練，你有喜歡的牌子嗎？」

「好像沒有……」

「喜歡的店？」

「我想一下。」

亭菲收起笑容，「小海，我找你討論報告，結果你現在才要想？」

小海沉默不辯解，他知道自己一直把音樂放在學業前面，也知道這樣的行爲確實苦了同組的亭菲。

「我們企管人，必須要找到眞的喜歡的廠商合作，並且行銷他們的品牌故事。你有沒有認識想經營自己品牌的店家？」

「我有個朋友在開酒吧。」

「酒吧？好像不錯。」

亭菲思考到一半，忽然手機響起，接聽後臉色變得很難看，「不能來？這麼臨時我要去哪裡找人啊？而且還是這個週末！知道了，我再想辦法。」

「學姊，出什麼事了？」

「我有個活動突然出問題，本來說好要來表演的樂團突然不能來了。」

「樂團？是要配合什麼活動嗎？」

「我在假日市集當活動企劃，原本幫他們配好這週搭配樂團進行活動，可是該死的，這下要去哪裡生一個樂團出來啊！」說著說著，她的目光掃過他的筆記本，注意到上頭密密麻麻地寫了簡譜。

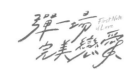

「我記得你對音樂很有興趣？如何？」

「我、我只是興趣而已。」小海慌張地趕快把筆記本蓋起來，一副想逃又不敢逃的模樣。

「你害我被炒魷魚，一包巧克力就想打發我？」

「學姊，我只會彈彈樂器，其他真的就……」

亭菲側頭思考半晌，「唱歌的人我會再找，彈奏的事就交給你啦，沒問題吧？」

小海無奈地看著亭菲說完就走，哪是他能決定有沒有問題的，她都決定好了啊。唉，明明是好心幫人，怎麼幫到自己一身麻煩？他可沒想過要在人前表演啊！

小海覺得今天一整天各種不順，先是在Echo Music受了一肚子氣，後來又被亭菲拉去當伴奏，就連上課都被教授點名兩次！「Today is not my day.」大概就是在形容他的這一天。

只是他才一走到學校的停車場，又感覺不太對勁。他疑神疑鬼左右看了看。路人都很正常，頭頂就是天空，想來也不會突然掉下一顆大石頭把他砸死。他戴上耳機，卻仍然能感覺到那股被人盯著的異樣感。

在露天酒吧的左側停車區停好車，他又張望了一下。酒吧前就只有一條路，此時接近傍晚時分，有不少路人到前方的觀景區等待夕陽，他實在看不出有哪個人行跡可疑。

「怎麼樣也不可能吧……」

「什麼不可能？幹嘛不趕快去打卡？」阿良從酒吧後方走來，手上抱著一箱啤酒，小海趕緊幫忙一起搬。

「我就是覺得怪怪的，有點擔心昨晚那些人會不會再出現。」

「想太多了好嗎，那群醉鬼醒來早就斷片失憶了！」

「是這樣就好了。」天性悲觀的小海，還是忍不住往壞處想。

「你去 Echo Music 聊得怎麼樣？有看到 Neil 嗎？」

「嗯，就那樣。」

「他現在長怎樣？你有跟他拍照嗎？」

「他現在很醜！而且我已經拒絕他們了。」一想起 Neil 的態度，他的火氣又上來了。

阿良看小海氣噗噗的模樣不敢再追問，只見對方收放桌椅都相當用力，他實在好奇Echo Music是怎麼把不容易生氣的小海給惹成這樣。

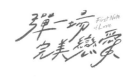

此時Neil突然不請自來，阿良正想告知客人還沒開始營業，結果愈看這人愈眼熟，昨晚的記憶湧現，他開心地問：「你不就是昨天一起打架的那位嗎？」

「先生，我們還沒有營業。」小海一看居然是那個討厭鬼Neil，心情更差了。

「沒關係，我可以等。」

「還好昨天你有保護小海耶。」

「誰要他保護啊？」

完全不會看臉色的阿良，繼續對Neil釋出善意。在他看來，會一起打架的朋友，就一定會成為好朋友！「謝謝你昨天拔刀相助，我是這間店的老闆，我叫阿良。」

「你的店名字叫Nice Music Bar？喜歡音樂？」

「兄弟，你很懂喔！怎麼稱呼？」

「我叫Neil。」

「Neil ?!」阿良立刻看向小海，進行眼神確認。

小海冷哼道：「對啊，就是那個過氣歌手。」

Neil的表情不慍不怒，維持著淺笑，撥了撥過長的劉海，繼續和阿良閒聊，哪怕他在閒聊過程中，眼角餘光一直追著小海的身影。

阿良算是粗神經，聽不出小海語氣中的諷刺，只覺得偶遇打架的朋友竟然是樂團主唱，這種緣分讓他感到很特別，「小海說你變醜了，我覺得沒有啊，一樣帥氣！」

「老闆，你也很懂喔！」

「哈哈！彼此彼此，你可以叫我阿良就好。肚子餓不餓？我請你吃東西。」

小海一聽阿良竟然要免費請他，更是白眼不知道又翻了幾輪。

Neil和阿良相談甚歡，酒過三巡後，他發現小海竟然真的把他當成透明人似的，想起小海白天說過的話，他愈想愈氣不過。

「老闆，你的電吉他可以借我試試嗎？」

「當然可以！」

小海忙著應付絡繹不絕的客人，送餐、點單、收桌全都一手包辦，直到聽見舞台上出現麥克風試音的聲音，這才驚訝地抬頭，看見Neil竟然揹起吉他在試音！一時之間，所有的工作流程都在他的腦海裡消失，他眼睛眨也不眨，一點都不想錯過這樣的時刻。

Neil握著麥克風，深呼吸後，輕輕將額頭靠在麥克風架上，這樣的動作讓小海感到困惑，他記得以前Magnet演出的時候，Neil並沒有這樣的動作。

下一瞬間，Neil的眼神變得和剛剛完全不同，收起了玩世不恭的表情。他向露天餐桌間的小海筆直看去，那眼神有驕傲也有不容侵犯的神聖感，手指撥弦的瞬間，立即引起其他酒客的注意。

小海看著客人們的反應，嘴角浮起一抹不明顯的笑意。Magnet的音樂就是有這種力量，歌聲還不用出來，單單用前奏就能抓住觀眾的耳朵，不自覺地把目光集中在Neil身上。

「是〈YOU〉。」只需要聽三秒，小海就認出了這首歌，哪怕只有一把吉他伴奏，哪怕編曲和以往不同，他就是聽得出來。

Neil的歌聲逐漸流瀉，他投入在這首歌的情感中，一如白天彈給Reese聽時一樣。歌曲的渲染力讓客人都安靜了，他們雖然沒有認出Neil，但都跟隨著音樂節奏打起拍子。一旁的阿良更是聽得相當融入，他沒想到過了這麼多年，Neil偶爾高音略帶沙啞的聲線沒變，就連嘶吼音都一如過往般地唱入人心！

小海此時雖然外表看起來面無表情、文風不動，但他早已跳進了Neil的音樂漩渦中。他可以跟著Neil的歌聲，感受到對方的所思所想，而當Neil目光望向小海時，也從小海的目光中看到了懷念又寂寞的情緒。他不懂爲什麼小海的眼神會有那麼多情緒，感覺小海正在看一個失散多年的朋友似的，明明他們才剛認識。

Neil不自覺地對小海露出微笑，他的音樂就是希望聽的人可以不寂寞，所以他也希望小海在這個片刻，可以感到溫暖。

突然，一名客人站起身，擋住了兩人如思想交流般連結的視線。Neil在突然失去注視目標的瞬間開始慌亂，他的呼吸變得紊亂、彈奏電吉他的手指也微微顫抖，就連歌聲都變得有些飄忽。小海注意到Neil失常的狀況，正想走上前，Neil卻率先終止了演出。

眾人本來沉浸在音樂中，聽到音樂突然消失，客人們都面面相覷，Neil自然地說道：「老闆，這些器材測試都沒有問題了！」

阿良雖然也在狀況外，卻趕緊回道：「ＯＫ！」

現場恢復原本的吵雜，客人們不以爲意，只當是個唱功不錯的人在調整設備，畢竟現在能唱、會唱的人太多了，沒人會對一個留著長髮、打扮又頹廢的男人會有過多聯想，比如聯想成一個往日的當紅歌手。

Neil得意洋洋地晃到小海跟前，在小海忙進忙出地收餐送餐時，甚至連小海要去酒吧貨櫃後方的倉庫，他也跟著一起擠進小小的空間裡。小海不耐煩地問道：「你到底要幹嘛？」

「承認吧，我唱得很好吧。」

「普通。」

「知道我不是過氣歌手了吧？剛剛大家都那麼專心在聽我唱歌。」

小海這才意識到兩人靠得很近，他想後退，背後卻是一堆雜物擋著。他正想抬頭罵人，卻擔心會像昨晚一樣，不小心發生「唇碰唇」的意外。

「你爲什麼會知道我在這間酒吧？」

「這裡是露天的，隨便路過都能看到吧。」

小海聽出了心虛，他一手輕推Neil的胸膛，確保意外不會發生。他仰頭問道：「你跟蹤我？」

「誰跟蹤你啊，我來喝酒不行啊？」

Neil胡亂解釋，小海卻面色凝重、不發一語。

「幹嘛那樣看我，我就是看到有個酒吧……」奇怪，這小傢伙明明比他小，怎麼嚴肅起來會讓人如此緊張？

「你到底想要幹嘛？」

「就承認吧，你是我的粉絲對吧？剛剛你看我唱歌的表情已經露餡了！」Neil試著掌握主控權，他挺了挺胸膛，小海這才發現自己手還放在上面，迅速地抽回手、別開頭。

「Magnet的三張專輯、二十三首歌都是Matt作曲，憑什麼認爲我會是你的粉絲？你甚至連一首歌都唱不完！」語畢，他用力擠過Neil走出去，內心卻很後悔提起Matt的名字，但他就是控制不住。

酒吧熱絡的時間很快就結束，打烊後Neil仍然賴在吧台座位，喝著不知道是第幾瓶的酒。小海愈看愈礙眼，這人到底知不知道喝酒對嗓子很傷？有多少才華洋溢的歌手，就是因爲酗酒問題而終止歌唱事業。

阿良這時從廚房裡出來，獻上一盤獨門的炒泡麵料理，Neil不顧燙口地吃了一口，露出了感動的表情，「這是什麼？也太好吃了吧！」

「這沒什麼啦！哈哈！」阿良開心地接受讚美。

「阿良，你爲什麼會想在這邊開一間有表演舞台的酒吧？剛剛那把電吉他應該很貴吧？我彈得很順手。」

阿良一聽笑了笑，灌了半罐啤酒才說：「我一直都有一個夢想，想打造一個可以讓所有喜歡音樂的人，自由地在台上表演的地方。表演的人不需要多厲害、多有名，只要是愛著音樂的人，就算是nobody，這個舞台也有永遠有他們的一席之地。」

「nobody嗎？」

「你當然不是啦！你是Neil，你今天也算完成我的夢想囉，雖然我的夢想有點微不足道。」

「夢想哪有大小區別。」就像Matt，他也只是想用音樂陪伴寂寞的人。

阿良有點感動，「我眞的滿喜歡你的！」

這時，小海伸出一支掃把擋在兩人中間，打壞他們的兄弟情懷時光，「可以麻煩你們過去一點嗎？我要掃地。」

阿良乾笑兩聲後，就把小海拉到一邊問道：「你們兩個到底怎麼了？」

「一言難盡。」

「那到底有沒有要合作？」

「有啊！」Neil搶先回答，露出痞笑，想當然他得到小海一記白眼。說眞的，他看這小傢伙的臭臉還眞是愈看愈可愛，應該說，他喜歡看小海氣得牙癢癢的樣子。

「沒有！」小海氣到把掃把一甩，兩人都知道玩過火了，紛紛閉嘴不敢說話。

此時一通電話來得及時，小海忿忿接起，「什麼？可是我沒有認識會唱歌的人啊。」

「有！我有認識會唱歌的人！」阿良靈敏的耳朵一聽到關鍵字，立刻大吼。

「對！我會唱歌，我眞的很會唱歌！」喝嗨的Neil也跟著大吼，這讓電話那頭的亭菲很興奮，唯獨小海，他非常後悔自己沒能早幾秒切斷電話。

♬

假日的駁二市集準時開張，全台知名的小吃攤販全聚於此。每次開攤必人滿爲患的Her呷雞蛋糕、Webberger等，都讓市集擠到比夜市還多人。

而搭建在市集中間小廣場的舞台，更讓人除了等待下午三點的大港橋開合以外，也期待著樂團的特別演出。

亭菲在膀胱就要爆炸之前，好不容易才擠過市集的人群，來到C8倉庫上廁所。一上完她一邊回覆各方訊息，一邊擔心距離下午兩點只剩下二十分鐘了，卻還沒收到主唱抵達的消息。

「拜託、拜託！千萬別給我開天窗啊！」她急得口乾舌燥，重新回到臨時搭建的後台區，查看小海狀況。

她一走進棚內，就看見小海穿著一件牛奶白的紗羅織襯衫，配上剪裁俐落又拉長腿型的西裝褲，脖子戴著一條黑色圖騰長鍊，這和平常都只穿T恤的他截然不同，光這樣亭菲就打了九十分。

她的目光再往上看，造型師幫小海畫上了韓系的男妝，打上底妝的皮膚看起來更好，隱藏的內眼線讓他的眼睛更明亮有神，平時偏淡的眉毛也勾勒出俐落的眉型，再加上抓得剛好不顯油膩的髮型，讓她忍不住脫口：「帥！」

「我好不習慣化妝。」造型師還在幫小海做髮型的最後調整，聽到他發出哀怨笑了笑。

「你很適合。」造型師說：「本來很好的底子，上完妝更帥了。」

「沒錯，小海，忍著點！」亭菲話鋒一轉：「你那位很會唱歌的朋友呢？要到了嗎？」

小海確認著LINE訊息，也有點擔憂，「應該快到了吧。」

時間一分一秒過去，小海造型完成，距離演出只剩下十分鐘，他不得已走出棚外東張西望。

突然，遠處傳來一陣騷動，原本人潮滿滿的市集，因爲一個人的出現，眾人不自覺地爲他開路，只因來人身穿皮衣、內裡搭著白色短T，下身則是拖地硬版黑色長褲。除了戴著黑色偏光眼鏡外，這人還揹著一把黑白相間的電吉他，就是這樣與生俱來的明星架勢，才讓路人們紛紛反射地讓路。

小海看著剪去長髮、刮乾淨鬍碴的Neil，此時海面的波光彷彿是Neil的大型反光板，將他襯托得更加閃耀。

Neil晃晃手機，「就這麼迫不及待見到我？」

「欸！那是Neil吧？」

「是嗎？」

「是啦！你看他跟google圖片長得一樣！」

Neil拉下一截偏光鏡，眼神中透露出一點緊張，「怎麼這麼多人？我今天帥吧？」

「嗯，很帥。」

Neil來不及反應太過誠實的稱讚，小海便快速地將他拉進後台棚內。

亭菲見到來者則是一臉嚇瘋，甚至不敢離Neil太近，「你說要找人來唱歌，結果是Neil ?! 多少錢啊？我付不起啦！」

「放心，不夠我找小海請款。」

小海忍住想踩Neil一腳的衝動，給亭菲一個安心的笑容，「學姊，放心吧。」

「那、那就靠你們囉！」

兩人正式登台調整樂器，不只台下觀眾陷入瘋狂，就連其他工作人員都很驚訝，那個神隱多年的Neil竟然現身在小市集的小舞台？這樣難得一遇的消息，人人無不開啓限動或是拍照傳群組，消息很快就傳遞出去。

調音結束，兩人各佔據舞台一方，恰巧都是黑白搭配的服裝，很自然地就把兩人看成是一個團體。

「你不要扯我後腿喔！」Neil挑釁地說。

「你才不要又唱一半呢。」小海當然也不甘示弱。

「我盡力。要是表現不好，還要靠你了，小朋友。」

小海愣了愣，他還以爲Neil會回嘴，這樣沒自信的回答眞不像他。

「我相信你，你會表現得很好，因爲你是Neil。」

小海可能永遠都不知道，他在這一刻、這一秒的堅定，已悄悄地成爲Neil的力量。

小海這天說的每一個字、每一個微表情，在Neil心裡成了一幅燦爛的畫，永不褪色。

曲目4　一起做音樂吧！

台下現在有幾個人？人海從舞台向市集左右兩側延伸，可以看見那些人潮並不是在排市集，而是紛紛踮著腳尖、仰著頭，視線全都投向小舞台。不僅如此，在場觀眾幾乎人手一支手機，誰都不想錯過Magnet主唱睽違多年的演出，他們並不在乎旁邊站的男孩是誰，他們只在乎那最耀眼的一顆星，Neil。

不只台下的群眾熱烈，隨著大家PO上社群後，原本死氣沉沉的應援社團也活絡起來，大家都不敢相信自己的眼睛，巴不得能瞬移到現場聽演出！

後台的亭菲很滿意這樣的現況，就連小海也看到了有個拿著大看板的男人，不顧他人側目，硬是擠到舞台最前方，看板上大大地寫著：「Sea！Fighting！」

「加油、小海！Fighting！」

小海有點不好意思地別過臉，他此刻的心情活像是親戚跑到現場應援的那種尷尬感。

哪怕還沒開始唱現場就已經這麼暴動，然而對於Neil來說，那些支持的歡呼聲卻好似被隔絕在一層透明牆外，他的呼吸略顯急促，能聽到的聲音也愈離愈遠。他愈試著找回身體的主控權，愈是無法挪動一根手指——間奏已經超過三十秒，小海立即意識到他的狀態不對！

小海暫停所有音樂，「各位不好意思，設備有點問題，需要調整一下。」台下的觀眾本來已經做好要嗨的心理準備，突然就這樣被中斷，大家的情緒也跟著斷了。在群眾面面相覷的同時，亭菲也立刻上台了解狀況。

「發生什麼事了？」

「音源線好像有點問題。」小海故意拾起Neil的音源線，煞有其事地說。

「我立刻打給廠商！」

「不用啦，我們去後台調整一下，馬上就好，妳擋一下。」小海立刻拉著已經有點站不穩的Neil回到後台。

亭菲反應很快，雖然不知道發生了什麼事，但她莫名地相信小海能解決一切。

「各位觀眾不好意思，我知道你們已經迫不及待地要欣賞表演了，可是我們的設備出了點問題，大家稍等一下。我們來玩猜拳，贏的人可以獲得一顆氣球好不好？」

又不是小孩子，一顆氣球到底誰要玩？

此時台下的阿良也大概知道狀況不對，眼見沒人舉手，他立刻喊道：「我來！」他直接抱著看板上台，接過麥克風熱情說道：「大家好，我是Nice Music Bar酒吧的老闆阿良，我們酒吧超讚！有音樂有酒，就開在西子灣旁邊噢！」

「那麼，有沒有人想和這位酒吧先生猜拳呢？」亭菲試著主持，但現場觀眾的冷漠讓氣氛愈來愈尷尬。

阿良不愧是在酒吧縱橫多年，立刻用開朗的聲音接過主持棒，「不然這樣，我唱首歌給大家聽。」

一開始大家還對阿良的提議興趣缺缺，但沒想到阿良用著滑稽的唱腔清唱，再配著手舞足蹈的動作，有種天生自帶喜感的魅力，讓氣氛再次熱了起來。

小海聽著外頭的熱鬧知道暫時爭取了幾分鐘時間，他遞水給Neil，眼神盡露擔心，「你還好嗎？」

「不要開玩笑了！我當然會很好，我可是Neil！」他愈是這樣說，呼吸就愈紊亂，彷彿外頭的歡呼聲成了他的追命符，他被拚命追趕，已經快被追趕到無路可退。

忽然，一雙有點微涼的手覆蓋在Neil的兩邊耳朵上。那些歡呼聲消失了，取而代之的是小海那雙清澈的黑眼。Neil覺得很奇怪，一般這樣直視別人的瞳孔，都會有種望著黑洞被吸進去的感覺，然而這一瞬，他靜靜地看著那對黑曜石般的眼珠，紛亂的心竟然逐漸安定下來。他覺得那雙眼眸中似有月光，正因爲如此才有著安定又溫柔的力量，讓他慢慢緩和下來。

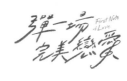

「好多了嗎？」

「嗯。」

小海輕輕放手，歡呼聲再次回到Neil的耳邊，他卻不再那麼緊張了。

外頭的阿良剛好高歌一曲完畢，亭菲收到小海的目光交流，知道可以上場了，她立即反應說道：「感謝這位酒吧先生的演唱，麻煩請跟我到後台領取獎賞氣球一顆！」

「我才不要什麼氣球……」阿良抱怨到一半，發現小海和Neil已經重新回到舞台。他立刻下台回到第一排區域，重新舉起應援板大聲應援！

Neil再次回到舞台，心緒已經恢復平靜，他向台下的觀眾打招呼，和小海交換眼神後，再次彈奏音樂。這一次，他的琴聲不再有猶豫和害怕，他知道能讓自己安定的月光就在身邊，他只用眼角餘光就能確定小海的存在。

他們演出的第一首歌是〈YOU〉，這次因爲有小海，他們得以重現原本的編曲。中快的前奏配上Neil略顯沙啞的聲音，他的所有肢體都像從前一樣，時而擺動，時而看向小海試著和他互動，卻發現小海不擅長在舞台互動。於是，他臨機應變地立刻轉向觀眾，觀眾群相當有默契，全都舉著手高喊，甚至玩起人浪！

尖叫聲、歡呼聲交雜，誰都沒想到，今日在駁二市集的一場小演出，可以引爆猶如巨星降臨般的歡呼聲！

因爲現場氣氛太過熱烈，一曲奏完安可聲不斷，Neil看向小海，他們昨天只講好要唱〈YOU〉，如果要唱其他首歌的話，他擔心小海會準備不夠。

小海似乎讀出了Neil的猶豫，立刻用麥克風說：「下一首帶來安可曲〈仰〉！」

這首歌是Magnet最紅的歌，撫慰了不知道多少爲生活、爲夢想痛苦的人的心，一聽到這首歌名，全場的氣氛再度高漲。

Neil立刻撥弦高唱，小海的電子琴不只搭配重節奏的聲音，還重現了原曲的電子音高速連彈的間奏。眨眼間，Neil差一點就要將小海看成Matt了，表演變得如夢似幻，不只是台下的觀眾覺得不敢相信，就連Neil自己都不敢置信，有一天還能再和誰一起唱這首歌。

仰望那片夢／星光沉默守候著堅強
塵封的我／躍身變成一道星光
找回初衷／就算折翅也要翱翔
哪怕我們／只剩一天能唱

台下的人跟著一起合唱，他們的歌聲響徹雲霄。這場重新站回觀眾前的登場，是預料之外，也是一場最難忘的驚喜。

♬

Reese的辦公桌上，擺著一疊疊的資料，有一份是他昨晚又重新找的備選作曲家資料，一份是關於Magnet過去的歷程整理，以及Magnet未來走向的KPI報告。除此之外，他整個早上已經寫了好幾封mail給行銷部、海外版權部，以及和熟悉的製作公司聯絡，為的就是要讓Neil能順利在年底前重新出發。

Reese簡直就要被資料和一堆事情淹沒，甚至連好好吃頓飯、喝杯水的時間都沒有，偏偏在這時，上頭的電話來了。

「是，是這樣沒錯……雖然和Neil合作的人選還沒定下來，但我保證Neil已經準備好了。沒錯，我知道公司的難處，我能理解。」

電話說到一半，Reese注意到玻璃門外的小莓比了個緊急的手勢，他手一揮讓她進來房間。

小莓拿著手機焦急等待時，赫然發現一本正經在講電話的老闆，竟然邊講電話邊在紙上塗鴉！畫的還是孟克的《吶喊》。她的老闆是多崩潰，才會被逼到畫這種畫啊。

「陳姊，現在藝人是什麼狀況、專輯又是什麼狀況，我都會如實上報，我會證明Neil一定會在合約以前重新回到舞台，重新讓大家看到他原本的價值！」

這通備感壓力的通話結束，Reese才點頭讓小莓報告。

「老闆，你知道Neil今天去哪裡了嗎？」

Reese一聽，心中立刻生起不好的預感，「哪裡？」

「你自己看！」

不同於小莓的激動，他準備看手機畫面之前，暗自深呼吸了一口氣。他眞怕看到Neil又做出什麼脫軌的事，結果畫面中竟然是Neil彈著吉他、自在地表演！要不是站他旁邊一起表演的人是小海，他都要以爲這是以前的哪支影片了。

「這個行程是誰幫他安排的？」

「我也不知道啊，所以才趕快來跟你報告。」

「這是在哪？」

「駁二市集，但現在趕過去阻止他好像也來不及了。」

Reese點點頭，讓小莓先出去，他重新拿出自己的手機在ＩＧ搜尋即時動態，並將椅子轉過去不讓任何人看見他的表情。

他不敢相信短短幾天的時間，Neil不只將髮型、穿著都變回以前的模樣，就連演唱的感覺，都彷彿回到了過去。

Reese緊抿著唇，他此刻的激動，比那天看到Neil重新拿起吉他唱歌還要高出好幾倍。他不知道Neil發生了什麼事，但確定Neil不再像幾年前那樣，一站上舞台就呆若木雞、全身顫抖無法表演。

「Matt，我就說他一定可以，你也這麼相信的，對吧？」他對著空氣低喃。他看著桌上和兄弟倆一起拍的照片，記憶也回溯至那一天。

那天，是他們正式和公司簽約的日子，也就是八年前。

一群唱片公司的高層坐了一排，看著眼前兩名初出茅廬的年輕人，一人揹著吉他、一人調整電子琴。

Reese印象很深的是，兄弟倆在正式表演前，會彼此頭靠著頭，看起來就像某種儀式，而這個小動作，打從他第一次看他們表演後就注意到了。

演出正式開始，而這場演出讓所有一開始對他們不抱任何期待的高層，紛紛擦亮了眼睛——他們都知道眼前這對兄弟的才華絕對不止如此，他們是未打磨的新星，是公司新的搖錢樹！

兄弟倆在眾人拍手喝采之下，立刻進入談合約的討論。

「向你們介紹，這位是我們公司的製作Rina，之後就由她來當你們樂團的經紀人。」

此話一出，包含Reese在內三人的笑容都消失了。Matt立刻說道：「我們已經有經紀人了，就是Reese。」

「出唱片不是只有舞台表演而已，有很多業內的工作。Reese才剛進這一行，換成我們家Rina的話，更能將你們推向更大的舞台！」

「如果不是Reese當我們的經紀人，那我們就沒有必要簽約。」Matt的態度強硬，他寧可不要機會，也不願拋下夥伴。

「對，我們的經紀人只有一個，叫做Reese！」Neil也說道。

那時信誓旦旦力保下他的兩個夥伴，哪怕如今少了一個，這次也要換他力保Neil，因爲他們是夥伴。永遠的夥伴。

Reese看著照片中的他們，是在簽約完後拍的，那時的笑容如此燦爛，怎知才過了八年，他和Neil都已找不回當時的快樂。

但如今，舞台上的Neil露出了過往表演時的表情和自信，Reese愈看愈想哭，爲了忍住鼻酸，他閉上眼睛假裝在閉目養神，嘴角卻微微上揚。他多想讓Matt看看當初那個幼稚的弟弟，如今已變得可以這麼堅強了。

過了半晌，他收拾好情緒按下對講機，「小莓，想辦法搜集到今天表演的完整影像，愈清楚愈好，而且不能只有拍到Neil的，連小海的完整影像也要。整理好今天之內傳給我。」

「沒問題。」小梅又問：「老闆，關於網友們的評論也要整理一些給你嗎？」

「好壞都要。」

「收到！」

Reese將桌子上不必要的資料收到旁邊的紙箱內，他開啓Powerpoint和Excel，準備做出另一份統整資料，好替Magnet鋪路！

♬

短暫的表演結束，群眾仍然處在熱烈的氣氛中，紛紛在各自的社群媒體上表達親身看這場表演的心得，就連阿良也還拿著看板眼眶泛紅，活像是剛看完兒子畢業典禮的家長，滿臉欣慰。

「欸！酒吧先生，你的氣球。」

「我不想要這個啦。」

「拿一下吧，這是謝禮。」

「謝啦！不過可以不要叫我酒吧先生嗎？很怪耶。」

「不然要叫你什麼？我忘記你名字了，還是要叫你大叔？」

「什麼大叔，我才幾歲……等等，妳是那個酒促小妹？」

本來一直在傳訊息的亭菲這時才抬起頭，看著阿良的眼睛露出笑容。阿良不知道爲何她要對他笑，雖然笑得不懷好意，但又很可愛，讓他有些緊張。

「幹嘛這樣看我？」

「你那天說過的話這麼快就忘了？不負責任的大叔。」

「我、我說了什麼了？我又沒對妳做什麼！」

亭菲眨眨大大的眼睛，一步步向阿良逼近，他緊張地往後退，覺得眼前這名嬌小的女孩，簡直比怪物還可怕。

「你說要雇用我啊，忘了？」

「我以爲妳在說什麼呢，這當然可以。」

亭菲滿意地點點頭，「對了，去你的酒吧工作要怎麼穿？穿裙子，還是要穿低胸？」

「妳、妳這女孩怎麼開口閉口都是這種羶腥色的話啊！請穿褲子！包緊一點！」阿良完全不敢看她的身材一眼，一說完就要走，這才發現忘了遞名片，又倒退回來，「這是我的名片，妳看要今天還是明天，隨、隨時都可以來。」

亭菲納悶地拿著名片，看著年紀不小的大叔竟然這麼容易就害羞，不禁心想：難道還是個處男？不會吧？而且身爲老闆竟然都不用員工塡寫個資就去上班，也太隨便了。她懷疑這間店可能會撐不久，看來還是得隨時關注工作機會預備著。

她走回後台棚內，發現小海早已換下衣服，和Neil兩人都不見了。多虧了今天這場意外的驚喜，廠商開心到不行，剛剛還傳訊息說要多給她一點酬勞。

她又看了看手上的名片，喃喃道：「阿良……Nice Music Bar。傻歸傻，店名取得不錯。」

小海和Neil兩人一路沿著駁二的散步道走，遠離了市集，不知不覺順著走到了高雄港，這裡已經被規劃成「棧貳庫」，有許多石頭長椅可以坐著休息，欣賞碼頭的眞愛之船來來去去。

Neil手上有著一堆炸物和甜點、飲料，這些全是粉絲送的，掛了他滿身滿手，簡直像個行動攤販，隨時可以開店營業。

「你要不要吃一點？」Neil問。

「這是送給你的，我不吃。」

Neil覺得小海很奇怪，表演完這一路都不怎麼說話，看起來心事重重的樣子，自己明明長他好幾歲，卻看不懂他。

「今天謝謝你。」Neil努力釋放善意。

「是我要謝謝你，願意來唱歌。」小海低著頭，回應人家的道謝，卻連對方的眼睛都不看。果然很奇怪。

Neil決定繼續出擊，他隨手拿出一支甜不辣，直接塞到小海口中。他還以爲小海會生氣拒絕，沒想到竟然反過來抓著他的手，一口一口吃著。這畫面看起來就像他在餵貓，那隻貓雖然兇，但吃東西時握著的手，卻軟軟的、涼涼的。他不自覺地吞嚥口水，看著小海這樣握著他的手吃東西，覺得胸口有點癢癢的，似貓撓。小海在瞬間吃完鬆手，並率先往前走。

Neil鬆了一口氣，不理解自己怎麼會有這樣的反應。

「我小時候也一樣，壓力大的時候心跳會變很快，還會呼吸困難。那樣的時刻，我都是聽你們的歌度過的。」

他們一起走到靠海的長椅坐下，下午三點多的高雄港，太陽沒有稍早前那麼酷熱，隨風而來的海鹽味飄散，深藍色的海一波接著一波，像要把人們的負面情緒也一波一波地載走似的。

「其實一開始Reese要我跟你合作時，我很不想和你見面。但是那天在熱炒店遇到你之前，我在海邊聽了你的歌。」他閉上眼，輕輕哼起小海創作的歌，即使少了配樂也無法掩蓋歌曲的穿透力。那是一首和海、黑夜有關的歌，雖然歌詞乍聽陰鬱，事實上旋律卻透著滿滿的力量，像是在告訴那些迷途在黑暗中的人們，哪怕此刻再暗，終會黎明。

「我聽到了黎明的感覺。」哼完一段，Neil說道。

「然後你就在熱炒店遇到我了。」

「嗯，就像是被那首歌牽引般，我遇見了你，當然你隔天來的時候，氣得像炸毛的貓就是了。」

「你說誰像貓？」小海冷眼一瞥，Neil馬上轉移話題。

「我知道，我連一首歌都唱不完。」

「可是你今天唱完了啊。」小海正要生氣，聽到Neil這樣說，便又心軟了。「而且唱得很好聽。」**像以前一樣**。最後心裡這句他沒有說出口，他說不出口。

「再說一次？」Neil湊近小海，兩人不知不覺愈坐愈近，他看到小海一下生氣一下又不知所措的樣子，就不禁覺得有趣。

「你什麼時候開始學音樂的？」

「小時候，有一個人啓發了我。」

「是誰？」

「就是一個路人，他在路邊唱了一首歌給我聽。」

Neil有點不是滋味了，接著追問：「那人的音樂影響你很多嗎？」

「對，是他讓我喜歡上音樂。」小海說起回憶的那個人，不自覺露出淺淺地笑容，這讓Neil看了很不快。他對自己不是臭臉就是彆扭臉，想起那個啓發他的人倒好，居然會笑？

「那他很厲害，能夠啓發你。你知道嗎？你的音樂很特別，有一種單純沒有被污染的能量，我從沒看過有人的音階排列可以這麼乾淨，像早晨的晨露，又像雨後的草原，就是有這樣的味道，是可以讓人找到沉靜力量的音樂。」

小海從沒想過有一天可以聽到Neil對自己的音樂的評價，他以爲Neil就是隨便聽聽，然後認爲自己就只是個學生歌手，上不了檯面。但Neil卻用了這麼多詞彙描述他的歌，他既感動又無所適從。明明小海的內心有那麼多情緒，可是表現出來的，卻是面無表情，而Neil完全不知道小海內心的波瀾。

「你說對了，我就是個過氣歌手。」Neil表示。

「你是一個很好的歌手。」小海想要挽回自己之前的失言，怕這句話眞的傷到了他。

「你那天可不是這麼說的喔。」

小海頓時語塞，他就是如此不擅長辯解。此時一陣巨浪翩然翻起，代替了他的回答，也有點沾濕兩人的頭髮。

Neil似乎已習慣小海的寡言，他繼續說著自己，想讓對方了解自己。「一直以來，我都沒辦法一個人上舞台，只要一上舞台就會很緊張。我根本不能算是一個歌手。」

「其實你也說對我了，我的音樂確實不夠勇敢。」小海也承認了自己的缺點。

「那我們就一起創作吧，然後一起克服。」Neil順勢說道。

小海愣愣地看著Neil站起身，背對著海、背對著陽光。這一刻，Neil就算沒有身穿華服，沒有從上方打下的聚光燈，光是這樣自然的襯托，他看起來竟比剛剛在舞台上時還要奪目。

「我相信我們會做出能帶給人力量的音樂。」說著，他解下脖子上的PICK項鍊，遞給小海。

「這是什麼？」只見那是一條霧面銀色N字的PICK，讓小海感到微微訝異。

「這是我最貴重的東西，先抵押在你這裡，等我們成功後，你再還給我。」

「誰會抵押東西當作合作的保證品啊。」

小海還沒抱怨完，就看見Neil對他伸出手，「Sea，你願意和我一起做音樂嗎？」

海風吹亂了Neil的頭髮，而他炙熱的目光裡，倒映的人只有小海。小海想，此刻的自己大概也一樣被映在Neil的眼底。

「——我願意。」明明只是答應合作的回應，小海卻覺得光是說出這三個字，就像在禮堂宣誓般慎重緊張，緊張到他的心跳愈來愈快，愈來愈快。

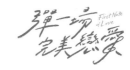

曲目5　理想夥伴？

海浪，浪花濺濕的髮，一個沒有猶豫的眼神，一條PICK項鍊。

小海明明已經回到家、洗完澡、躺在床上了，下午發生的一切全像幻燈片般，一遍又一遍慢動作重播，不只影像，他覺得就連氣味都近在咫尺。他可以聞到海的味道，以及Neil流過汗的味道……

「什麼流汗的味道，小海，你是變態嗎！」他翻身把自己的臉埋進被子裡，接著又像想起什麼似的，跳起來走到書桌前，看著那條PICK項鍊，他可以想像，這條項鍊原本掛在怎樣性感的脖頸上。他還記得那個晚上，這條鍊子從那輪廓清晰的鎖骨，一路往下延伸直至Neil的胸膛。

「清醒點！」他一定是瘋了才會一直胡思亂想。

他拉開抽屜，裡頭有個精緻的手工皮製盒，打開後裡面除了三張Echo Music的專輯，還有許多周邊小物、照片小卡等。他本來想將項鍊收進盒裡，思索半天，卻拿出小圓鏡，小心翼翼地將項鍊戴上。小海看著鏡中自己的脖頸，因爲皮膚較白皙的緣故，反而讓黑底的項鍊更顯突出，儼然就像寵物掛上了頸鍊似的。

「不會眞的把我當成寵物吧……」

手機的LINE通話接連響起，小海正要點開來看，卻見螢幕上顯示來電的是遠在德國的媽媽。他猶豫了很久，最終點下接聽。

「喂？」

「小海，我看到你那個唱歌的影片了。你爸也傳訊息跟我說，他也看了。」

「嗯。」

「你有好好在念書嗎？」

「有啊。」

「你是不是以爲你現在在高雄，就天高皇帝遠，就沒人管得了你？」

小海依舊沉默不答，他不只故意考了一所高雄的學校，還辦了學貸、自己打工，就是爲了要脫離父母的掌控，讓他們沒有任何把柄可以威脅自己。

「好啊，現在不需要我們了，就把我們一腳踢開，你還眞是孝順啊。」

「媽，我打算……」

「打算什麼？眞要去當個賣藝的藝人？」

「音樂這行沒有這麼不堪。」

「你爸今天還跟我說，他發現你搬離宿舍了。上禮拜他出差去高雄本來要找你，結果不但找不到你，傳訊給你也不回。你眞的很誇張，你現在住哪裡？」

「一間小套房。」

「小套房？」小海的媽媽明顯嘆了口氣，才又說道：「小海，我跟你爸雖然離婚，但不代表我們就不關心你的未來。我們不是說好了嗎？好好念完大學，到你爸介紹的外商去工作，這樣不是更穩定有前途？」

「爲什麼走音樂這條路就沒有前途？」

「現在房子愈來愈貴，你別以爲老家那棟以後要留給你，你必須要靠你自己。好好做一個穩定的工作存錢、買房子、車子，以後成家立業，這才是一個穩定的人生。」

「媽……那是妳喜歡的人生規劃，不是我的。」

「那你說，你的規劃是什麼？做音樂可以啊，但你覺得自己今天影片紅了，以後就會永遠大紅大紫賺大錢嗎？這都是一瞬間的，哪個爆紅的人不是過個幾天就被忘了，而且，就算你買了房子，最後也會沒錢繳房貸然後賣掉！」

小海累了。從頭到尾他和父母的價値觀就是不一樣，每次聊到未來，他們只會拚命地灌輸自己覺得正確的觀念，可從來沒有眞心聽聽看他想要的。

「你說啊，又不說話？」

「我不知道要說什麼。」

「總之，就是乖乖做好學生的本分，順利畢業，然後去工作！」通話終於結束，小海像洩了氣的氣球，癱坐在床上。他戴上耳機，播放Magnet的音樂，這才慢慢撫慰了他的無助。

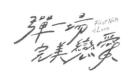

他不懂，走在大家認爲對的人生軌道，這樣才會幸福嗎？到底是誰規定的？

——「如果全世界的人都只會讀書，那麼還有誰來唱歌？」

他的耳邊迴盪起這句話，他閉眼深吸氣，重新找回勇氣。

Neil在手機那端，左等右等，等不到小海已讀，覺得這個小朋友眞的是很沒有禮貌。哪怕他傳的都是廢圖，用Touch ID看過也至少點進來已讀一下啊！

此時Neil的手機畫面跳出Reese的訊息，傳來的是他和小海在舞台上的照片，以及祝賀的訊息：「恭喜演出成功。」

他立刻將照片中小海的部分放大再放大，發現對方在彈琴時，目光投射的不是觀眾而是自己。光是確認了這點，就讓他心情不錯。

「經紀人，我們開始吧！」他回覆Reese後，心情雀躍得像要去遠足的孩子。自從「那一天」後，他已經好久好久不曾這麼期待明天。對他來說，明天還會到來這點，曾一直讓他無比痛苦。

♬

次日，在約定時間前半小時，小海就已經抵達Echo Music門口。他抱著鍵盤和MIDI，站在一樓大門外不斷深呼吸，正要推門時，另一隻手卻先一步幫他推開。因爲身高的差距，讓他一回頭就撞見掛著清爽笑容的Neil。

「早安。」

「早。」

不同於Neil放鬆又開朗的狀態，小海是緊張到全身緊繃，對他來說，一個人踏進這個世界令他不安，他也害怕自己眞的會像父母預言的那樣，做不出一番成績。

「你到底要不要進電梯？」Neil早已站在電梯裡，並且像昨天提出邀約時一樣地伸出手。

小海沒有伸手牽他，而是冷冷地說：「你是不是很喜歡和人肢體接觸？」

「嗯？」Neil的反應完全狀況外，但這都不影響他的好心情。

兩人正式進入Reese的辦公室後，和上回不同，這次就連Reese也都難掩興奮之情。

「今天，就是你們的成團紀念日！」Reese已經盡量降低語氣中的興奮度，但聽起來還是格外激動。

小海皺眉，「可是我沒有要跟他組團，我不是只是作曲人嗎？」

Reese打開筆電，並拉下簡報用布幕投影，「多虧昨天那場演出，你們現在在社群上有不小的討論熱度。不過網友的留言好壞參半，看了會影響心情，我不建議你們去看。」他明明已經說了不用特別去看，小海的手卻已在快速滑手機了，就連Neil也湊過去。

「你們兩個……」一個不受控就算了，看來小海也是個難控制的，他已經可以預想到自己以後頭痛的次數可能會翻倍增加。

留言的內容五花八門，兩人的表情愈看愈凝重。

Neil看到一則「老了好多」的留言，立刻跳腳！

「我老?!誰老了?我才二十七歲!我就不相信留言的人有比我年輕，那是什麼頭像?向日葵?會用這種的一定都是早上會傳長輩圖的老人啦!」

Reese微笑對著外頭的小莓揮揮手，當下立刻沒收兩人的手機。

解決了這場失控後，眾人的注意力重新回到簡報投影上。

簡報的第一頁顯示出「Neil 迷你專輯企劃」的標題，接著下一頁就看見這幾個大字被畫上了刪除線，變成了「Neil&Sea 特別企劃」。

「我重看了昨天的演出影片好幾次，你們在舞台上的調性很搭，而且陳姊也非常喜歡小海！這是好事，所以我想了一整晚，不如在這張專輯中，把你們推成一個組合。」

小海面露猶豫，「可是……」

Reese 打斷小海，示意請他繼續往下聽，「我知道以現在你們的狀況來說，還需要非常多的時間練習與磨合。先來看一下我爲你們列出來的優缺點。」

畫面切換成 Neil 的六角雷達圖，在「歌聲」的數值很高，但在「舞台表現」是零。

「舞台表現是零?!你確定你昨天眞的有好好看我們的影片嗎？我昨天表現得很完美耶！」

「你昨天的表現當然很好，但卻是舞台上的未爆彈，這點你承認吧？」

Neil 語塞，實在無法辯解。

接著跳到小海的數值頁面，小海的各項數值都很高，唯獨「合作能力」很低。

「小海，你一直以來都是獨自創作，必須要學會與人合作。」

小莓抓準時機進來辦公室，並把燈都打開，在桌上放了兩份合約在小海面前。

「你先看一下合約，接著我會幫你們安排課程、練團，以及街頭表演。」

Neil的表情很不滿意，一下子看到負評留言，一下子又被Reese指出缺點，早上的衝勁頓時都被冷水澆熄。

「你們先回去抓表演的感覺，記住，不只要習慣觀眾，也要習慣彼此。你們愈了解彼此，就愈能找到屬於你們的歌。」

小海依然愁眉不展，面對合約，他連翻開第一頁都覺得有壓力，「可是我只是個作曲人。」

Reese沉吟一會兒。說實話，他很不想對年紀尚輕的小海使用話術和情勒，但爲了完成目標，他必須要這麼做。

「年底以前，如果Neil無法復出，唱片公司就不會和Magnet續約了，Magnet消失了也沒關係嗎？爲了Neil，你能試試看嗎？」

Magnet會消失的這句話，聽在小海耳裡，簡直像有顆飛彈炸進了心裡，差那麼一點，就要把他心中的燈塔擊沉！他臉色有點發白，盯著眼前的合約不再執拗，翻開了第一頁。

Neil對於Reese話語裡的情勒雖然不太贊同，但他知道，當小海昨晚決定回應自己時，一定已經做好決定了。他相信小海猶豫歸猶豫，最後一定會答應。

♬

簽約兩天後，在Echo Music的員工餐廳中一隅，Reese和小莓相對而坐、面露無奈，只因有兩個人從簽約後就沒一天安寧。

「這個是排骨飯、這個是牛肉燴飯，還有雞腿飯和鱈魚飯。」小莓指著便當說明，結果吵架雙人組立刻同時將手放在同一個排骨便當上。

「我先的。」小海咬牙切齒地說。

「胡說什麼呢？大家都知道我最喜歡吃的就是排骨，你不是Magnet的粉絲嗎？會不知道？」

「誰想知道你的喜好！是我先拿的。」

小莓用力拍了Neil的手一下，小海抓準時機立刻打開便當吃了一口，先搶先贏。

Reese是真的無語了，這兩個人真的一樣幼稚！

他們不只現在吃個便當會爭個你死我活，就連在咖啡機前也要爭，要不是廁所有很多間，只怕連廁所也要搶上一搶，他們根本就是故意看誰要幹嘛也要爭著去，算是彼此槓上了。

明明簽約那天還如此和樂融融，看著彼此的目光那麼溫馨，怎麼開始練團才兩天，關係可說是急遽惡化。他的頭，眞的好痛。

「小莓，止痛藥。」

「老闆，你不能再這樣吃了，會有抗藥性。」

「妳以爲我願意？」

小莓嘆口氣，自己也吞了一顆。

後來小海怒氣沖沖地去打工了，獨留Neil在練團室繼續練習。

其實Neil也很懊惱，不懂爲什麼情況會變成這樣，一開始他們只是想先調整彼此的分工，怎知小海的說話方式太過直白，惹怒了Neil，變成Neil故意找小海拍子上的麻煩，兩人一來一往成了他們關係惡劣的開端。

「我明明不是想要這樣的……」他也不懂，爲什麼每次只要面對小海，他的幼稚就會被乘以好幾倍。或許是因爲，他討厭自己明明大小海七歲，卻老是被他用一種老成的目光鄙視。

Neil拿起木吉他，撥動C、F、G三個和弦的根音，接著，他似乎終於知道要彈奏什麼——那不是他自己的歌，而是小海寫的歌，音階的前進帶他回想起兩人握手的那天，也帶他想起小海雙手覆上自己雙耳的那天。他輕輕摀住自己的耳朵，想起那雙黑曜石般的眼，他好想爲那雙眼睛寫一首歌，可偏偏，他對於自己的創作並沒有自信。

♬

小海拖著疲憊的步伐抵達酒吧，有氣無力地對阿良打招呼，完全沒發現多一個人在吧台裡。

「咳咳！」

「阿良，你的聲音怎麼怪怪的。」小海低頭正在穿圍裙，隨口一問。

「因爲我不是你的老闆。」

小海聽到是女聲，這才猛然抬頭，只見吧台裡有名金色長髮女生背對著他，轉身瞬間他更是嚇得退了好幾步！

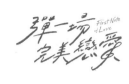

「學、學姊，妳怎麼在這？」

套著黑色圍裙的亭菲眨眨眼，「我是你的新同事，不是學姊。」

眞正的阿良這時從廚房端了菜出來，「來！先吃飯！」

小海一頭霧水，吃飯時聽著亭菲娓娓道來她和阿良的認識經過，所謂不打不相識，就是指他們了吧。也像他和Neil。他一想起不該想起的人，整個人的氛圍又更加陰鬱了。

阿良問道：「怎麼了？練團還好嗎？」

「我……」小海欲言又止，他實在不擅長好好表達自己的心情。

亭菲見小海這麼喪氣，便轉移話題說：「你們表演的直播影片，現在可是已經有兩千多人分享囉！你看！」

阿良率先搶過去看，完全沒發現自己被亭菲瞪了，逕自像個家長似的，喜孜孜地滑著留言。他很想看有多少人在誇他家的小海，結果愈滑臉色愈糟，氣得把手機塞給亭菲。

——「旁邊那個人是誰啊？蹭Neil的吧？」

小海不用看，也記得大概是怎樣的留言在說他。

「小海，那些人就是見不得人好。」阿良嘴拙地安慰。

亭菲骨碌碌的大眼轉了轉，不出一會兒，她就想到解決辦法，「小海，不用喪氣！我們也來經營屬於你的粉絲不就好了？正確來說，是經營屬於你的鐵粉！」

「鐵粉？有我啊，我是小海的鐵粉！」

「你閉嘴。」

「我是妳老闆耶……」阿良委屈極了。

亭菲從背包拿出筆電，手指在鍵盤上快速奔馳，幾分鐘的工夫，她已經將小海音樂頻道的音源擷取下來，並利用ＡＩ生成出專屬於這首歌ＭＶ。

小海不可置信地看著亭菲電腦裡的神奇ＡＩ，覺得就像魔法一樣！

「那麼驚訝幹嘛？之前有位歌手的ＭＶ也是用ＡＩ製作，成本才六百塊！」

「那妳剛剛做的這個要錢嗎？」

「我用的是免費素材，放心、放心。好了，我現在已經創建好專屬於你們的官方社群帳號，名字就叫『Neil&Sea粉絲後援會』！粉絲團這邊上傳完整版的ＭＶ，ＩＧ、抖音、ＹＴ這三個平台則是副歌版本的Shorts短影片，並同時發布新片限動，限動上用這個大大字體寫上『Who is Sea?』。完成！」亭菲簡直將一心多用發揮極致，竟然可以一邊解說一邊動作，在她說完的同時，這些東西也全都上傳完畢。

阿良看得一愣一愣，他知道自己請到一個了不得的員工，但萬萬沒想到那個會隨身攜帶一堆可怕工具的女孩，竟然連深藏的絕技都很可怕。

「小海，這個社群媒體的實戰結果，還可以當成我們那個『行銷與數位經營導論』的期末報告，是不是一舉多得呀？」

「眞的？太好了！」

「還眞會算……」阿良在一旁補刀碎唸，沒想到引得亭菲卻對他露出邪魅一笑。

「老闆。」亭菲忽然用著甜美的聲音看向阿良，這簡直就像女鬼呼喚一樣可怕。

「怎、怎麼了？我們新來的、美麗的店花？」

「親愛的老闆，你願意贊助小海每個月四百五十元，好讓他們的ＩＧ帳號有藍勾勾嗎？」

「這還需要拜託嗎？當然沒問題！」

小海看著這兩人如此支持他，陰鬱的心情也消散不少。他怎麼可以因爲幾則負評，就自信心受到打擊呢？還因此將這種不安化成幼稚發洩在Neil身上。他的身邊，明明就還有眞正喜歡他音樂的人在。

他忽然很想見見Neil，也不知道這麼晚了，對方是不是還在練團室。他想向Neil道歉，也想好好和對方練習。

當小海推開練習室的門，看見彈吉他彈到忘我的Neil，瞬時鬆了一口氣。

「小海？」Neil餘光看到有人進來，沒想到竟然是氣喘吁吁的小海。

「我其實改了一個remix版。」小海試圖裝作沒事，Neil見狀也軟化了態度。

「我來彈彈看。」

小海拿出樂譜，先把MIDI連接電子琴，彈了幾個旋律搭配節奏混音，接著前奏的音階；Neil抓準時機以電吉他加入，他看著小海改的樂譜彈奏，很快就進入狀況。

「這個小節改得不錯，但我認爲第四小節可以這樣。」Neil盡量讓自己的語氣良好，不要太顯得霸道。他一直小心地觀察小海的表情，發現對方聽完第四小節的改編後，眼角明顯略彎。小海笑了，只是笑得不太明顯。

所以，小海沒有那麼難懂，他只是需要別人再細心一點觀察，才會發現他的情緒變化。

「我覺得很好。」小海冷淡地回答，殊不知他的微表情已經被Neil掌握住。

兩人練團到凌晨，小海不知怎地在一旁的沙發上睡著了。Neil洗了把臉回來，蹲到小海旁邊好奇查看，想知道他睡著後會有怎樣的表情。

只見小海就連睡著也緊皺眉頭，簡直像個小道長。他輕輕撫平那皺得都快黏在一起的肌膚，接著注意到小海把他抵押的項鍊戴在身上，於是忍不住伸手去摸PICK。這陣子少了這條項鍊很不習慣，但看它躺在白皙的鎖骨上，好像也很好。

「睡著眞像隻乖貓。」他緊盯著這張乖順的睡顏，心裡有某種衝動蠢蠢欲動，他不明白那是什麼感覺。

♬

恢復和平不再吵架的Neil和小海，接連幾天的練習愈來愈順利，Reese也安排了兩人假日在高流廣場進行表演練習。

亭菲早早就抵達現場忙著拍攝花絮，並且提早一小時就發限動貼文：「Neil&Sea在高流快閃表演！」

有了前陣子的駁二市集的熱度，這個快閃消息很快就引來不少人前來圍觀等待。

亭菲甚至專業地借來兩個補光燈打在兩人前面，好讓她能拍出更美的影片，「很好、很好！我會把你們兩個拍很帥！」

一切準備就緒，圍觀的觀眾有默契地圍成三分之二的圈，小海察覺到Neil的不安，擔心地看向他。只見Neil先是輕輕以額頭觸碰了麥克風後，接著比了一個OK的手勢。小海覺得很奇怪，從上次在酒吧他就發現了，Neil總是會用額頭碰麥克風，明明以前都沒有這種舉動。

Neil對著觀眾喊道：「大家好！我們是Neil&Sea！你們準備好和我們一起仰望天空了嗎？」他們開場就帶來經典歌曲〈仰〉，但唱起來的感覺卻相差甚遠。

歌曲進入第一段副歌，無論歌詞再熱血，氣氛完全無法炒熱，小海也遲遲無法進入狀況。他覺得Neil整個人都不在平常的表演狀態，因爲過於擔心而失去了表演節奏。

Neil則是怕自己的恐慌症發作，無論是彈奏的音樂還是肢體，都表現出戰戰兢兢的狀態。明明和駁二那天表演的是同一首歌，卻完全無法引起觀眾共鳴，更糟糕的是，Neil中途竟然還閉上眼睛，和觀眾的互動變成零交流！

Reese在一旁觀察觀眾的反應，再看看那完全沒準備好的兩人，簡直心急如焚，很擔心這一次的失敗會變成阻礙。

歌曲進入間奏，觀眾也有點不耐煩，甚至有好幾組人已經離開。就在這時，一名閃耀著自信光彩、染著淺金色頭髮並戴紳士帽的男人，揹著貝斯出現了！

Orca遠遠就聽到這場糟糕的演出，他故意快步經過Reese身邊才走進表演區，專業地找到音箱插入音源線，以精準的節奏加入Neil的間奏表演，並奪走solo的部分。

「Orca ?!你怎麼在這裡？」Neil脫口用英文說道。

「見到我不開心嗎？」Orca也用英文回應，但手指可沒閒著，他以複雜的指法展現低音的魅力，明明是即興演出，卻與間奏表現得非常和諧，甚至間奏反而成了襯托貝斯solo的背景！這樣強大的即興，立刻留住了一些本來要離開的觀眾。一首原本死氣沉沉的歌重新找到活力，就連小海想用電子琴跟上，他的琴聲都被Orca壓過，這首歌就這樣在Orca加入下結束了。

「大家好，我是Orca！」泰國籍的Orca用英文自我介紹，台下認出他的人紛紛發出尖叫，並拿出限動來拍。

「Orca ?!」

「他居然是快閃特別來賓？」

「太猛了吧！」

「讓我們一起享受音樂吧！」

Orca說完給了Neil一個眼神，Neil很快就跟上他的即興演出，兩人時而一起交織，時而各自solo，讓Neil原本僵硬的狀態完全被驅散，放鬆地和好久不見的朋友一起彈奏。直到最後一個音符落下，全場響起不斷的掌聲和歡呼！

在場除了亭菲以外，沒人注意到小海落寞地被遺忘在角落，彷彿這場快閃表演，他從頭到尾都沒參與似的。明明他也很努力彈奏，很努力跟上這兩個人了……

亭菲雖然不甘心，但她拍攝時盡量捕捉三人同框的畫面，也特別放了小海單獨的片段。不管怎樣，她一定要幫他建立起一票死忠的鐵粉！

「快閃嘉賓Orca登場！Sea的琴藝力拚高下！」她將Shorts短影片用斗大的標題命名，而這個有Orca的影片在短短一天之內，各大社群加起來就有好幾萬的點閱，以及上千次的轉發。

曲目6　未完成的演唱會

數年前

氣象預報說今日氣溫白天大概二十三度，二十三度聽起來就像平常在家開冷氣的溫度，應該是清涼不冷才對，但由於台灣濕冷的特性，這樣的氣溫，體感溫度可能會降個三到五度左右，更不用說東北季風一吹，冷得讓人腳趾頭都快要凍僵。

從泰國來當交換學生的Orca，極度無法適應這樣的天氣，剛來的時候還是又熱又悶的秋天，怎知一入冬，氣溫簡直比坐溜滑梯還誇張，他完全無法適應這樣的寒冷。

「你也太誇張了吧？包得跟雪人似的。」Neil一下樓就看到冷到鼻子都紅掉的Orca，笑出了聲。「很煩！」Orca用泰文回答，即使Neil聽不懂，但也猜出他在罵人。

「快上來吧！」

兩人本來是網友，因爲音樂結緣。其實Neil比起Magnet主打的pop rock風格，私下更喜歡indie的音樂類型。他試著自己創作的歌曲也都是這個風格，只是一直覺得自己寫得沒有比Matt好，所以從沒拿出來給人聽過。Orca在泰國早早就從童星出道，從中學時期開始創作的音樂就是indie類型。

兩人當網友好幾年，直到Orca終於爭取到交換學生的名額，這才順利來到台灣，和Neil當了眞實世界的朋友。

「你家有酒吧？」

「有，我哥他們已經開喝了，夠你喝。」

「我快冷死了，我需要酒精！」

Neil感到好笑，Orca平常走到哪都相當注重個人形象，堪稱行走發電機，沒想到也會有這麼狼狽的一面。

「你再用那種臉，我就告訴你哥你的祕密。」

「喂……不講朋友道義啊！」

Neil趕緊調整表情，沿路領著客人抵達自家露台，說是露台，但因爲有隔間，所以是一半室內、一半室外的空間，這裡經常被兄弟倆當成喝酒小酌的地方。

「哥、Reese，這是我朋友，泰國來的交換學生Orca，你們用英文溝通就可以了。」

Orca原本冷到全身發抖，一抬頭看見身材高䠷、體型厚實的Reese愣了愣。只見對方有一雙不大不小的眼睛，手上拿著一杯可樂，表情卻像喝過酒一樣微醺，而且當他知道Orca是泰國人的時候，表情並沒有像其他人有驚訝的反應——而是**欽佩**。

他確實看到了，那一瞬間的眼神裡傳達出來的情感是欽佩。

「你們好，我是Orca。」他一改平時自信滿滿的模樣，露出靦腆的表情。

「你好啊，常聽我弟提起你，終於見面了！」Matt開了一罐啤酒遞給他。

「你也玩音樂？」Reese問。

「嗯，玩一點。」

「Orca在泰國可是童星起家喔！別看他這樣，他不像我們才出過一張專輯，而是從高中就發片，目前已經出過三張專輯了！還都是自創自唱自編。」Neil接著對Orca說：「Reese是我們的經紀人，我們第一張專輯的主打歌，就是Reese幫我們爭取到電影主題曲，才一下子就讓大眾注意到我們了！」Neil把兩人的資歷都炫耀一番，彷彿他才是做到這些事的人，一副爲朋友與有榮焉的樣子，讓Matt哭笑不得。

「你、你那麼厲害啊。」

「我比較佩服你，這麼年輕就一個人來當交換學生，語言不通還要念書，當然你還要寫歌創作吧？你更厲害。」Reese眞誠地說道。

「好了、好了，別誇來誇去了，喝酒放鬆！」Neil高舉酒瓶，有朋自遠方來，話家常太久就沒意思了。

「一見鍾情」這種形容，Orca原本是不信的。

他從中學時就開始交女朋友、男朋友，只要覺得對方是個有趣的人，他就會跟對方

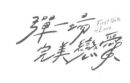

在一起。可是這種關係都維持不久，他很快就感到無趣，於是便換下一個、又下一個。他甚至覺得，愛根本不存在。

存在嗎？

「你愛我、我愛你」這樣的感覺只有一瞬間，只存在那個當下，過了就會消失，像流星一樣難以留住。

但當他見到Reese的那一瞬間，僅僅是這樣的幾句對話，他的內心忽然確定了一件事——他會愛上這個人，不是一瞬間而已，而是可以持續很久很久。與Reese的外表無關，而是第一次有人可以用一句話、一個眼神，就讓他有共鳴的感覺。

哪怕他非常清楚，要讓Reese愛上自己並不容易。

過了許多年，Orca的光芒不減，如今早已成爲泰國家喻戶曉的獨立歌手，只要一開演唱會，門票必定秒殺，去年還舉辦歐洲巡迴，在歐洲市場也有亮眼的表現。

「逐步成爲亞洲知名的獨立音樂人……」小海默默唸著雜誌上的標題，一掃Reese客廳的桌上。每一本雜誌都是有關於Orca的，他莫名覺得Reese和Neil很陌生，但想想他確實也認識他們不深。

「這傢伙，剛剛風頭都被他搶走了！」Neil端著兩杯咖啡走來，一杯遞給小海，小海很快就注意到這次Neil給他的是拿鐵。

「咦？」

「之前小莓每次端美式給你，你幾乎一口都沒喝。上次跟你一起搶咖啡機的時候，你在那邊挑膠囊挑半天，不就是爲了找到拿鐵口味的嗎？」

「……謝謝。」

小海沒想到Neil竟然這麼仔細地觀察自己，本來有點落寞的心情，也淡化了一些。雖然認識不深，但他們彼此只要繼續慢慢了解，一定會愈來愈熟的。

廚房中，Reese正要從櫥櫃拿杯子，Orca則露出頑皮的表情，故意從後方貼近，幫忙把杯子拿出來。在兩人貼近的同時，他有意無意地在Reese的耳邊吐氣，還放慢動作，很慢很慢地拿出來。他看著Reese的身體僵硬起來，卻不是很滿意這反應。只有僵硬，耳朵和臉頰都沒有紅。

「東西都亂放，上次不是才幫你整理過？」Orca用著男主人的語氣說著，順手就把杯子洗了。

「那是一年前的事了。不說這個，你什麼時候到台灣的？」

Orca故意切換成中文說道：「昨天。」

Reese也用中文說：「來幹嘛？」

這次Orca則用泰文回答：「來見你。」

兩人這樣三種語言的交談讓Orca覺得很好玩，最重要的是，Reese聽不懂泰文，所以每當他想說些什麼時，就會故意說回母語。看著Reese一頭霧水又頭痛的模樣，他俏皮地笑了。

Orca的五官深邃又濃眉大眼，最近爲了配合廣告拍攝，將及肩長髮中段至髮尾的部分染成金髮，上半部維持褐色，更增添了他本身自帶的嬉皮感。

兩人並肩回到客廳，Reese立刻當著大家的面詢用英文問：「國際巨星Orca，你覺得他們今天的表演如何？」

「幹嘛叫他國際巨星啊？」Neil立刻抗議。

Reese悠悠地抽一本雜誌給他，「上面有寫，你趕快追上人家啊。」

「這麼多年了，Neil的唱功還是一樣好。」

「看吧？」Neil驕傲地抬起下巴。

Orca笑了笑，將目光掃到小海身上，一瞬間眼神變得有些冰冷，「你沒什麼存在感，感覺只是在配合Neil，像個伴奏。」

「Orca！」Neil臉色立刻垮下來。

「他本來就應該要認清這點，你們是團體，那他就不該把自己當成伴奏。」

「夠了！」

Orca聳聳肩，他了解Neil火爆的脾氣，有些事點到爲止，接不接受就看個人。既然是Reese主動詢問意見，那他當然就會給出最直接的答案。Orca大概懂Reese的小心思，他是希望有第三方可以刺激這兩人，畢竟Reese自己有時心軟會下不了手。

「小海，這些只是表演上的建議。」Reese溫聲地說。

「我知道。謝謝你，Orca。」

「不客氣。」傷了人還能笑著接受對方的道謝，Orca不是沒有神經，只是因爲他覺得不管是在任何工作上，天眞無知和能力不足是大忌。不知道自己缺點的人，怎麼配讓Reese當他的經紀人？他可不允許有人砸了Reese的招牌。

小海盡量維持風度，又多忍耐了十幾分鐘，這才客氣地說要打工先走了。Neil不放心地追出去，看著小海臉色蒼白的樣子，心中一疼。

「Orca那人就是那樣，說話從來不顧別人心情。」

「不顧別人心情這點，我以前也對你做過啊，說你是過氣歌手。」

「那不一樣！你是氣話，又不是真心的。」

「嗯，也是，所以Orca說的是真的。」

「不是這樣……」Neil氣自己怎麼愈描愈黑，眼看小海就要發動機車離開，他乾脆跳上後座。

「你幹嘛啊？我是要去打工。」

「我也要去，去找阿良。」

「那好歹也戴個安全帽。」小海完全拿他沒轍，從後車廂裡拿出一頂黑色西瓜皮的安全帽。Neil一戴上去，往日的帥氣髮型全都不見，看起來就像個小呆瓜。小海其實有點想笑，但怕他氣得哇哇叫又不戴帽子了，只好忍住。

兩人啓程從Reese住的社區離開後，騎著機車奔馳在愛河河畔。

接近傍晚時分，有不少人已經在人行步道散步或慢跑，悠閒的氣氛讓小海受傷的心情得到一絲平復。他甚至忘了後座還坐著身高一米八的Neil，獨自陷入自己的放空意識中。

忽然，Neil的身體貼近小海，並將頭輕輕靠在小海的肩膀上，雙手自然地往前放，並沒有環抱，只是自然地放在小海的大腿上。這一系列的肢體接觸，讓小海的腦袋一陣空白，心跳和呼吸逐漸加快。Neil 的呼氣聲彷彿被調大音量，所有的背景音都變成靜音似的。

小海吞吞口水，不知道 Neil 爲什麼要靠這麼近，彼此碰到的身體明明隔著衣衫，他卻覺得肌膚在發燙，臉頰也正在發紅。

「小海。」這是，他第一次叫他的名字。

一陣雞皮疙瘩竄起，如電流一般直衝腦門。小海很想找藉口停車，但偏偏一路順暢都是綠燈。僅僅是被叫了名字，他就感覺自己快要無法好好地專心騎車。

「你是我的夥伴，下一次演出，我們會更好。」

停頓了半晌，Neil 在他耳邊一字一句說出的話語，並沒有因爲風聲而飄散，而是清清楚楚地穿過小海的耳朵、大腦，直達內心。

眞是，太狡猾了。

♬

Nice Music Bar的生意一如既往地忙碌，但自從有了亭菲的加入，小海總算不用一個人包辦全場，他們一人送菜點餐、一人收桌補酒，配合得剛剛好。

Neil也沒有顧著喝酒，而是在吧台邊用筆電，戴著耳機在進行調音和編曲。

亭菲忙完一個段落後，接近打烊時間，阿良喊她來吃宵夜。自從亭菲來這裡工作後，不只賺到了打工費，就連餐費都省了不少。阿良日日都會準備不同的宵夜，但她不知道的是，以前只有小海的時候，阿良可是看心情煮的。

「今天吃鹹粥啊。」

「不喜歡？」

「勉勉強強。」她說完，但吃了一口就狼吞虎嚥起來，完全心口不一。

「亭菲，謝謝妳幫我們做那麼多，妳簡直就是我們的宣傳公關了。」Neil放下工作，眞心地表達感謝。

「我是爲了小海。」她擦擦嘴，「還有爲了我們的期末報告，不是爲了你。」

「幹嘛對Neil那麼兇啊？」阿良問道。

「小海今天一來就心情不好，想也知道是他害的。」

「確實是我不好。」

「和Neil沒有關係。」小海從後門進來，淡淡說完就走上舞台，看似要調整電子琴，結果卻一屁股坐下竟然彈奏起來。他太想彈琴了，一整天下來，許多情緒淹沒了他。自卑的、不甘心的、心動的、開心的，這些情緒相互矛盾衝突，在他的大腦裡打架，他都快瘋了。

所以，他急迫地需要音樂。

此時酒吧的營業燈已關閉，而舞台的燈卻悄悄亮起。阿良只開了頂部一盞燈聚焦在小海身上，亭菲職業病地拿起手機拍攝。

小海以A大調進行前奏和主歌，副歌轉入降E調，節奏屬於慢板。這和小海平時創作的electronic類型很不同，是他從未在任何台上發表過的曲子，每每陷入低潮時，他都會彈給自己聽。

旋律在進入第二段的verse後，小海加入了更多的節奏效果，呈現出他內心的情緒堆疊，直到再次進入chorus時，壓抑的一切全在這一刻傾瀉——明明是慢板歌曲，明明沒有任何歌詞，卻傳達出許多他想說的話，與每一個音符融合在一起。

一曲彈奏結束，亭菲當然聽出來這首歌和這陣子她所聽的類型不一樣，在掌聲過後，她問小海：「我剛剛拍了你彈奏的影片，是可以上傳的嗎？」

「嗯可以，但不想要太長。」

「交給我吧。」亭菲眨眨眼，轉頭又對阿良說：「老闆，我還沒吃飽！」

「我就問，妳吃那麼多都吃到哪去了，也沒長肉！」阿良說歸說，仍還是乖乖進廚房準備。

「那我把這個收到倉庫就下班囉。」小海正要搬起一箱酒，下一秒Neil結實的手臂輕鬆從他手中接過，熟門熟路地往後門倉庫走。

「放這裡就好，謝謝。」

兩人再次擠在小小的倉庫中，Neil再也忍不住，一手撐著牆壁擋住出入口。他看著眼前的男孩，用著沙啞又低沉的嗓音說：「剛剛的表演很帥，曲子很好聽。」

小海原本低著頭，過幾秒才抬頭直直地看著他，「我知道Orca說得沒錯。」

「你不要在意他說的話……」

小海搖搖頭，明明倉庫裡那麼暗，那雙黑曜石般的眼眸，卻隱隱散發著微光，「所以，我會變得更強，爲了Magnet。」**也爲了你**。

Neil的呼吸逐漸急促，但這一次不是因爲恐慌也不是緊張，他只覺得腦袋蒙蒙的，眼前的小海像是被打了柔焦似的，讓他看恍了神。接著，他看著那雙唇，正輕輕蠕動、微張。他感受到一股飢渴，不想把小海就這樣放走的渴望。

「你怎麼了？不舒服？」

「我沒事。那個……我、我也會變強。」

「嗯。」Neil沒有錯過，在剛剛短短的一秒，小海那總是面無表情的臉，慢慢有了弧度，那弧度從嘴角到眉眼，竟然可以彎出一個任何美術品都比不上的完美弧度。小海，笑了。

「我就不載你回去了。我好累，你自己小心。」小海揮揮手，而Neil還呆愣在倉庫的門口，久久無法回神。

直到手機一直響、一直響，才把他拉回神，「喂？我……我在西子灣，你要過來？好。」

他無力地靠著牆，抹了把臉，還是無法反應過來。

剛剛到底怎麼了？他只覺得自己胸口像是被人灌了氣，有種難以呼吸的感覺。

♬

Orca大顯身手地做了一桌子的菜，都是Reese愛吃的，當然Reese也很給面子地全部吃光光，理由是他餓了，不是食物好吃。

「剛剛氣氛弄成那個樣子，我很抱歉。」

「Neil是在保護自己的搭檔，那樣很好啊。」

「但Neil一定在生我的氣。」

「又沒關係，別管他。」

「我怎麼可能不管他。」Reese脫口而出，而Orca雖然仍掛著笑，但明顯頓了一下。

「有時候我眞的很羨慕Neil。」

「什麼意思？」

「我先走了，之後再約。」

「我再問Neil，下次三個人一起吃飯。」

Reese將人送到了門口，怎知Orca突然用泰文說：「我來這裡就是爲了見你。」

「嗯？」

他繼續用泰文：「你也該學點泰文了。」

「這句我聽得懂，我有去學啊，只是太忙了。」

「眞的？」Orca露出小心思的表情，「我喜歡你。」

Reese以爲他在測試自己的語言能力，「這句我也聽得懂。」

「再見會說嗎？」

Reese像是要炫耀自己的學習成果似的，胸有成竹地用泰文說道：「再見。」

「擔心他就打給他，別一個人悶著胡思亂想。」Orca最後這句話，命中他的內心。Orca已經把他看透了，知道他會自己一個人悶著什麼也不說，亂想一堆。

Reese重新坐回沙發，拿出手機。手機畫面是和Matt兄弟倆的三人合照，不是第一次簽約那天，以前他們三個人太常拍照了，他已經想不起來桌面的這張照片，背景像在澄清湖的照片，是爲什麼而拍了。

他想起演唱會出事那天，接到電話知道發生交通事故時，他的第一反應沒了平時的冷靜沉著、穩定大局的樣子。他渾身發抖，Orca在一旁雖然還不知情，但第一時間先抱住了他。

「沒事，不管是什麼事，我陪你。」

「是我害的，都是我害的。」他那天一直重複著這句話，重複了好久。

——「都是我害的。」他看著手機的照片，忍不住又說了一次，最後他決定聽Orca

的話，打給Neil。

♫

好在Reese家離西子灣並不遠，十分鐘的車程就趕到了。他按照Neil說的，進入西子灣旁邊的大學後，在客用停車場停好車，往海的方向走，很快就看到一個平台可以爬上去看海。

「Neil，今天表演的感覺還好嗎？」

「要不是Orca出現，會更順利。」

「抱歉，今天眞的不是有意爲難小海。」

「我知道。」

他跟著坐到Neil旁邊，雙腳不似Neil那樣充滿童心會不時地踢著，他正襟危坐地乖乖把腳懸空放好，「Neil，你是眞的還想繼續唱歌嗎？」

Neil像聽到什麼不可思議的問句，不解地看著他。

一向堅忍不拔、冷靜處事的Reese慢慢紅了眼眶，「我只是怕……怕害了你。如果那天不用演出，就不會出事了。」

Reese終於忍不住哽咽，「對不起，我只是很想回到那個時候，我很想念Matt。」

Neil從來不知道Reese會有這樣的一面，從出事到現在，Reese都像一面牆，替他擋住排山倒海的一切，好讓他有時間獨自悲傷。但他從來沒想過，Reese也許沒那麼堅強，也會悲傷。

「Matt還在的時候，你很快樂，但因爲我說要辦演唱會，結果害了你們。如今我眞的好怕又因爲我的自私，害了你跟小海……」

「哥。」

這一聲「哥」來得太突然，Reese停下了傾訴。他怔怔地看著Neil，此刻的Neil少了平時頑皮任性的模樣，而是露出成熟穩重的表情。突然間，那個長不大的Neil，彷彿在他這面牆垮掉時，突然成長了。

「你是我唯一的哥哥了。」

頓時，Reese的眼淚完全止不住，就連Matt過世，他也沒這樣在Neil面前哭過。那時他怕自己若是垮了，Neil也會跟著垮，所以他必須要撐著。

「我也很想念我哥，但我知道我還有你，也知道你爲了我這幾年很不好過，一直在

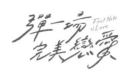

逞強。」他邊說，邊用袖子幫Reese拭淚，儼然像個長大的孩子在體貼父母似的。

「謝謝你，是你幫我找到了小海。我需要小海，也需要你，我想要和你們一起，繼續唱歌下去。」

「好、好！一起！」

「哥，讓我們一起完成那場，沒有辦完的演唱會好嗎？」

「好，我答應你。」

兩人肩並肩靠在一起，一個擦眼淚，一個像看到孩子長大般喜極而泣停不下來。

突然，Neil煞風景地問道：「Orca呢？還在你家？」

「他走了啊。」

「走去哪裡？」

「飯店吧。」Reese的眼淚逐漸乾了，他確實沒想過剛剛Orca離開要去哪，因爲他滿腦子都在想著Neil。

「可是他每次來台灣，不都喜歡纏著你嗎？」

「有嗎？」

「有啊！我懷疑他有幼兒時期缺乏注意力症候群。」

「有這種病？那是什麼症狀啊。」

「纏著你的症狀。」

被Neil這樣一岔開話題，Reese的悲傷果然平復許多，他拿出手機確認訊息，Orca完全沒有傳訊息過來。

「我先回家看看好了。」

「好。」Neil失笑。雖然看似不在意，但其實他知道Reese假如眞的不在意，是不會縱容Orca這樣一天到晚纏著自己的。

Reese覺得Neil的預感很準，果不其然他一開門，就看見Orca已經安置好自己的行李，一副準備住下來的模樣。

「你爲什麼不去住飯店？」

「我累一天了，晚安！」Orca早就戴好髮帶、穿好睡衣，說完連眼罩都已戴上，在沙發上倒頭就睡。

Reese完全拿他沒轍，心想等明天早上再趕他走好了。

豈料，他隔天早上醒來，這位Orca無賴不但賴著不走，還在自備的白板上畫了一

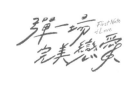

張沙發的圖案，並在旁邊標示出「Orca」的字樣。

這把他氣得乾脆又跑回去睡回籠覺，由於前一晚哭過的關係，Reese感到眼睛特別瘦腫，回籠覺不知道睡了多久，等醒來已經是下午一點了。手機有一堆工作訊息等他確認，他累得揉揉眼睛走到客廳，發現Orca竟然也還在睡。

「眞不知道你在累什麼，睡這麼久。」

此刻的Orca因爲睡姿差的緣故，什麼髮帶、眼罩統統都掉到了地上，就連睡衣也睡得掀開半截，露出了結實的胸膛。

「你那麼有錢，放著舒服的飯店不住，住在這裡就開心了？」

Orca完全睡死，動也不動。

Reese不自覺一直盯著他看，想著這個人在自己最痛苦的時候，一直陪在身邊。那時他的精神狀況很糟，唯獨Orca總是會掛著無害的笑容，整天煮飯給他吃，就算他不吃也不會生氣。

他似乎不論對Orca做什麼，這人都不會生氣。

——爲什麼？

和煦的陽光照進來，Orca皺了皺眉，翻身將臉埋進沙發裡，他則起身把遮光罩拉好，讓客廳恢復成好睡的狀態，並輕輕替對方蓋好被子。蓋被子的時候，他的手不小心觸碰到Orca的肌膚。

在沒有任何人察覺的情況下，他的手，停頓了好幾秒。

曲目7　你願意相信我嗎？

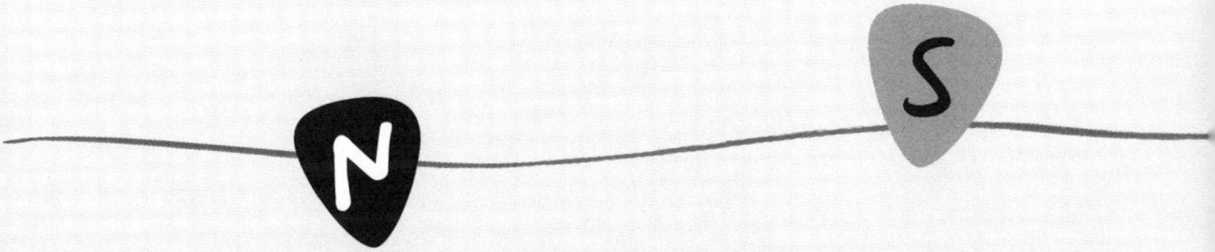

東邊的天空微微露出一點光，和晚霞不同的是，晨光的顏色偏黃，是像小雞孵化瞬間，那微微破殼時的暈黃。隨著破殼之後，暈黃擴散的速度很快，原本還是寂靜的黑夜，一點一滴被光芒吞噬，直到陽光的熱氣沾染每一位慢跑者，大家才會從慢跑的放空中回神，迎來嶄新的一天。

Orca 輕喘著氣，他已經在公園跑了一個多小時，睡太久導致頭昏腦脹的大腦變得清醒許多。他沒想到他和 Reese 兩人好不容易聚在一起的週日時光，竟然都在補眠睡覺。

Reese 就算了，他身爲一個職業工作狂，長年睡眠不足可以理解，Orca 不明白的是自己怎麼可以睡這麼久。是太久沒嗅到關於他的氣味了嗎？所以一進入屬於他的家中，被他的一切包圍，才會感到特別安心——尤其，他沒錯過 Reese 替他蓋被子的瞬間。那一刻他是醒著的，哪怕沒有睜眼，他也知道 Reese 正用著炙熱的目光在看自己，以及那彷彿停了一世紀那麼長的指尖。無論這當中包含的情緒是什麼，反正在意是有的。就因爲這樣，Orca 才會放任自己繼續睡，放任那個夢裡有他和 Reese，不想醒來。

他回到 Reese 家，走進浴室沖過澡後，直接裸著上半身開始做早餐。他本來對下廚是不感興趣的，但當了交換學生後，不得不自己煮。原本都是隨便煮煮，直到和 Reese 認識了後，發現這個工作狂對於吃很隨便，隨便到如果能讓 Reese 買到太空人專用食物的話，他肯定會用那個維持體力，也不願浪費時間買飯、煮飯或吃飯。

但有什麼辦法，他愛的人，就是這樣只把工作放在第一的人……不，不是工作第一，而是Magnet第一。眞不知道他還要多努力，才能讓自己也能在Reese心裡有一點點重要的地位。

在他想著這些亂七八糟的想法時，那雙用來彈貝斯的巧手，已然巧妙地煮好一桌色香味俱全的早午餐。有蛋餅和特調的泰式沾醬，鮮嫩的歐姆蛋更是捲出花朵的形狀，以及一杯Reese喜歡的手沖咖啡，豆子還是他最喜歡的肯亞AA。當然，Orca會發現Reese喜歡肯亞，也是自己觀察出來的。過去他爲了試出Reese的口味，故意買了好幾種豆子來沖泡，仔細觀察Reese喝的速度來掌握喜好。自從他都只用肯亞的豆子後，Reese幾乎都是在幾分鐘內就喝完。

爲此，Orca感到很有成就感。

因爲這就代表了，只有他才知道Reese的喜好。

他在白板上用泰文寫上：「早安，記得先吃東西再喝咖啡。」之後便出門去練團了。

房間內的Reese當然不知道Orca做了這麼多努力，他在睡到快要摔下床時，被手機鬧鐘救了一命。他從床的邊緣滾回正中央，並順手關掉鬧鐘，沒有任何拖沓地坐起身，開啓他的一天。

「好香，是咖啡。」

他被肯亞特有的莓果香氣吸引，一走出房門，就看見滿桌的早餐，早已準備好在那裡等他。

咖啡已經冷卻，但冷卻後的酸度像一塊酸甜適中的蘋果派。他很喜歡這個味道，正想空腹一飲而盡，接著就看到白板上的留言。他只好無奈放下杯子，乖乖坐在餐桌前吃早餐。

他確實不喜歡浪費時間吃東西，但就是無法抗拒Orca的食物或叮囑，這就像是眞心爲自己好的長輩，想要違背卻又有點良心過意不去。

「原來我對他的感覺，是這樣啊。」他疑惑地歪著頭，卻又覺得這樣的解釋沒什麼毛病。

他的父母早逝，國高中被寄養在親戚家。那時的他爲了能在十八歲順利獨立，一下課就是去打工，一方面也是爲了貼補親戚，不至於拿人手短、看人臉色過日子。獨立後，親戚爲了怕他以後有麻煩還是會有所牽扯，彼此講好沒必要不用再聯絡，所以那時起，他就眞的是一個人了。

對他來說，上大學遇到了Matt和Neil，能和他們成爲朋友，和他們一起擁有夢想，是他最幸運的事。他原本不奢望可以依賴任何人，是他們讓他有了可以依賴和保護的地方，是他們成爲了他的家人。

「你知道你很厲害嗎？」Matt在試彈完Reese所形容的感覺後，不禁讚嘆。

「我只是提出了很抽象的形容和建議，彈出來的人是你，我哪裡厲害了？」

Neil激動地說道：「你在開玩笑嗎？我們爲了這首歌的編曲已經卡了兩個星期，都找不到想要的感覺。你說『前奏帶有獨自行走在森林裡的孤獨幽微感，逐漸深入森林後歷經黑暗、野獸追逐的緊張感，最後突然逃到柳暗花明又一村做收尾。』你用幾句話就幫我們找到歌曲的定調耶！」

「我只是說出聽到這首歌的旋律後，自己想像的畫面而已……」

Matt拍拍Reese，「誰說做音樂一定要會樂器？相信我，有了你，我們要完成歌曲的速度一定會更快！」

「而且你畫畫又厲害，以後還能幫我們畫專輯封面！」

Reese這輩子已經很久沒被人這樣重視過。說他畫畫厲害，他認為那只是塗鴉；說他對音樂有天分，那只是他個人觀感的淺見。

「我、我眞的沒那麼好，是你們的音樂好。」

「你會不會太過妄自菲薄了？這就像鑑畫的人未必會畫畫，我覺得你就是那個能聽懂我們音樂的人。」

「你們這樣，我……」Reese實在不擅長面對這樣直白的誇獎。

Matt搖頭大笑，「你要不要跟我們一起做音樂？我是認眞的。」

「我沒有錢，也沒有什麼能力，我……」

「我跟我哥也什麼都沒有啊，這樣不是很好嗎？我們就沒什麼好失去的。」Neil說得理所當然，但這些話卻重擊了Reese的內心。

他望著眼前兩個對他燦笑的人，眼神裡很乾淨，沒有任何的鄙視和同情，甚至他們還露出了一點點的崇拜。爲什麼崇拜他這樣的人呢？像他這樣的人加入他們，眞的可以嗎？

「我想……我眞正能幫上忙的，是幫你們把音樂賣出去……啊，我不是說那種賣掉就不是自己的賣，因爲我在補習班打工很擅長推銷，我可以推銷你們的音樂！」

「我知道了，那是經紀人，對吧？哥。」

「謝謝你成爲我們的夥伴，成爲我們的經紀人，Reese。」Matt說了謝謝，而眞正想說謝謝的人，是他才對。

Reese從回憶中抽回神，他摸了摸臉頰，慶幸自己沒有再次懦弱地流淚。那樣的懦弱偶爾一次就好，太常哭的話，要怎麼好好地上戰場？

他吃光所有的食物，將半壺的咖啡全都喝完，精神抖擻地站在鏡子前打理自己，還仔細地拔了多餘的眉毛，好讓自己的眉型看起來更俐落。雖然他對吃東西這件事不上心，但對自己的儀容卻會特別留意，因爲他知道要打仗，盔甲就得穿得好，說起話來才有底氣。

今天的一場會議，就是需要他帶著滿滿的底氣上陣。

♬

Echo Music的大樓裡，視訊會議準備就緒，Reese的桌上擺著需要的資料，就連電腦桌面也開啓了幾個簡報，以應對隨時需要畫面分享講解。

畫面很快就出現分割畫面，幾名股東都進入會議連結中。會議一開始Reese便主持會議，先是針對Magnet的現況及近期表現進行說明，同時還有畫面分享當作佐證。他特別針對駁二那場演出誇大其詞地介紹，呈上來的網友留言都是好評，以及直至目前爲止可觀的觀看數等，接著再進入他今天召開這場會議的主題——替Magnet再辦一場演唱會。

陳姊在畫面上顯得很不開心，投資人Allen打斷說道：「Reese，你剛剛說的那演唱會太遠了，我想先針對續約這件事討論會比較實際。你剛剛提出的這些數據，都只是最近的一場小小演出而已，誰不知道駁二假日市集目前是高雄人潮最多的市集，哪次假日沒有人滿爲患？那天的表演人潮如果全部都要計入是爲了Neil、爲了Magnet而來，我覺得有點言過其實。其次，你提出的那些觀看數據，你應該不會不知道，光是那種拍給小朋友看的玩玩具影片，隨便都有破億點閱吧？一個過氣樂團的標題噱頭，能有這樣的觀看數我並不意外，反正看影片又不用錢，不是嗎？」

「您說得都很對，但是……」

「我還沒說完。回到Neil這幾年的表現，他除了什麼事都沒做以外，有對公司產生什麼效益？別說效益了，幾年前你替他接了好幾次表演，結果他統統都搞砸，那時候賠給人家的違約金呢？你可以說這些都是舊帳，Neil已經不一樣了，可以好好重新來過了，但現在還有多少人認識Magnet？你截圖給我們看的留言都是好的，但我這邊搜尋到的更多的是『他誰？』『Magnet是哪個樂團？聽都沒聽過。』都是這種聲音更多，你又要怎麼解釋？」

陳姊也發話說道：「我也打個岔，你確定Neil現在是眞的能表演了嗎？每一次表演都不會有問題？還是駁二那次只是湊巧？」

「陳姊，妳知道Neil的，他的個性不會容許自己退步。身爲他的經紀人，我也信任他這次是眞的可以出發了。」

「他們現在連能不能續約都有問題，你還妄想要辦演唱會？」

Allen順勢說道：「公司不可能接受續約，更不用提演唱會。」

「我知道了。」

視訊結束，Reese只能獨自閉眼消化情緒。他不是一個會輕言放棄的人，哪怕他深知所有的資源都無法動用在Neil身上，也會盡力找出解決辦法。

陳姊此時傳了訊息：「Reese，你如果堅持要搞一個演唱會，那續約的事我也幫不了你。實際點，按部就班不好嗎？」

按部就班。

如果可以，他也想按部就班，但他很怕。怕又發生什麼變數讓演唱會的計畫失敗，而那變數就是小海。他還不了解小海是怎樣的人，從幾面之緣來看，他覺得小海雖然看似穩重，但骨子裡還是有孩子氣的幼稚和衝動。如果小海因爲挫折而中途放棄了，這可能會導致Neil變回以前那樣。如此一來，就算續約了，演唱會也會辦不了。基於以上考量，小海反而成了這件事能不能成的關鍵。

叩叩。

說人人到，小海在玻璃門外怯怯地敲門進來。

「Reese，你有空聽看看DEMO嗎？」

「當然！」他露出微笑，並戴上耳機聆聽。

小海忐忑地等待，明明一首三、四分鐘的音樂，他的體感時間卻很漫長，尤其Reese的表情完全不動聲色，手指也沒有跟著節奏打節拍，就只是閉眼聆聽而已。

「還不錯。」Reese拿下耳機，說出評語，「歌很好聽，但是沒有畫面感，更準確來說，這是一首無法引起靈魂共鳴的歌。至少對我來說，我對這首歌沒有任何想像。」

他說得直白，原本想過要修飾，但一想到音樂會直接影響到Magnet的再起之路，他就無法再慢慢來。哪怕明知小海是素人，年紀還那麼小，他都不能在這種時候仁慈。

小海早就沒了幾分鐘前的緊張，他的表情有點緊繃，平靜地回答：「我知道了。」

Reese將小海的反應全都看在眼底，希望自己剛剛的擔憂是多餘的，因爲此刻小海給出的反應顯示出他有良好的抗壓力。也許自己不該那麼杞人憂天。

「我希望你可以再想想，爲什麼是這首歌？爲什麼它一定要給Neil唱不可？如果不是非Neil詮釋不可，如果是人人都能唱，那它就不會是我要的。」

小海點點頭，擠不出任何一句話爲這首歌辯解。Reese說得都對，就像Orca評論他一樣，他們都對，只是他還是受傷了。

「小海，你比自己想像得還要重要，Neil能不能成功，只有你的音樂能幫他。」

「再給我一點時間。」小海深吸口氣，語氣異常沉重。

「時間不多了，如果投資人不相信Neil的話，可能眞的沒辦法續約，更遑論開演唱會。」Reese不忍繼續看著小海，他覺得小海此刻就像個洩氣的氣球，明明已經沒氣了，他卻還不斷地施加空氣，意圖將小海整個人撐開、再撐開。他不用靠通靈術，也能感受到小海被這些話被壓得喘不過氣。但他，不能不這麼做。

「演唱會？Neil會再開演唱會？」

「當然了，是你和Neil一起開演唱會。」

等小海離開，他也有了覺悟，他回訊息給陳姊：「投資人不支持也沒有關係，我還是想完成那場演唱會，我會自己想辦法。」

他可以的，他可是Reese。這麼多年來，只要是他想做的事，只要拚了命，一定可以做到。因爲Matt和Neil的信任，就是能帶給他這麼大的力量。

♫

——「是你和Neil一起開演唱會。」

Reese的這句話讓小海陷入恍神，他仍然記得多年前的那天，沒有看成的那一場演唱會，票根還在，Magnet也還在。而他卻要和Neil一起開演唱會？還說會成眞與否都在他寫的歌是否成功？

他……做得到嗎？不對，是他一定得要做到。爲了Magnet。

他一如既往地去打工，哪怕因爲音樂被退件而操勞到精神不濟，但如果不打工，他連基本生計都會有問題。

亭菲在吧台用電腦在工作，一見到小海就開心地說：「小海，我們社群的成長數非常良好耶！你知道已經有不少人回傳的照片，都是你的獨照……小海，你的臉色怎麼那麼糟？你幾天沒睡了？」她不敢相信原本還臉圓紅潤的小海，幾天不見變得臉頰凹陷，連黑眼圈都像吸太多大麻似的！

「有嗎？」小海摸摸自己的臉，「我有睡啊……每天大概兩、三個小時？」

「拜託！就算你的肝很新鮮，也不是這樣糟蹋的吧？我今天的雞精還沒喝，給你喝，馬上喝。」

「謝謝，但我眞的沒事。」

「快喝！」

小海拿著雞精，看著亭菲自己也是黑眼圈很重，「妳不也接很多工作，不然也不會買雞精了吧。」他正想繼續推辭，但亭菲的表情愈來愈像個夜叉，他只好乖乖喝下。

「你們兩個都半斤八兩！我今天煮了雞湯，都給我來一碗。」阿良從廚房出來，端了兩碗湯給他們。

「我哪有他那麼誇張。」亭菲癟癟嘴。

「還說沒有？妳不是又另外接了兩個活動企劃的工作？然後妳還要顧小海那麼多的

社群，又要來這打工、又要去學校修學分，你們兩個眞當自己的肝不會喊救命？」

這下子被罵肝太新鮮的又增加一人，小海和亭菲兩人相視一眼，一邊乖乖喝湯，一邊乖乖聽阿良教誨。

「你老闆眞的很會唸耶。」

「他也是妳老闆。」

「哼。」

小海哭笑不得，雖然高興有人擔心自己，但他眞的沒有那麼多時間在乎自己的健康。Reese退件時說過的話，成爲腦海中的回音，在他試圖思考新旋律時，總會跳出來。

——這首歌，是否非Neil唱不可？

每當他用這個角度去審視新曲，那些旋律就如同被風吹過的蒲公英，一下子就四散各處，即便他伸手想抓，都抓不回來。每一次，他的手心只會剩下殘破的音符，一點靈魂也沒有。

這樣的創作瓶頸不只影響到小海的生活，也影響到了練團。

Neil當然也注意到了，他看過兩次小海加水加到滿出來，走路走到撞到牆，就連練團也開始出問題，平時明明很少彈錯，現在竟然彈什麼都走音。他的手指就像不是他的手指似的，愈是想把歌彈好，就彈得愈糟。

「你休息一下。」

「我、我沒事，我可以。」小海抹了把臉，並用力睜大自己的眼睛。

「你沒發現自己的狀態不好嗎？」

「對不起。」

「不要一直對不起，好好休息幾天比較重要。」

「可是我們沒有時間了！」

「回去。」Neil忍不住加重語氣，他不想這麼兇，但看到小海日漸憔悴的樣子，真的很心疼。這人到底是怎麼搞的，可以在短短幾天內把自己弄得不成人形？到底懂不懂照顧自己？

小海前腳剛離開練團室，Reese後腳就進來，他當然有看到小海那落寞的背影，以及蹣跚的步伐，看起來和前兩天判若兩人。

「Reese，真不知道他是怎麼了，突然這麼拚，拚到身體都出問題了！」

「你說小海？」

「不然呢？你都沒看到他剛剛的臉，看起來不知道是幾天沒睡了。」

Reese欲言又止，他突然感到良心不安，心虛的表情一覽無遺。

Neil瞇眼問道：「你是不是知道什麼？」

「我……我跟他說，你能不能續約、演唱會能不能辦，希望都在他身上。」

Neil一聽，氣得眼睛瞪大，「Reese！他還只是個學生！你怎麼會讓他扛這麼大的責任！」

「對不起，我忘記他才二十歲。」Reese試著辯解。

「這跟他的年紀無關，他已經很勇敢了！而且我不需要別人來幫我負責任，成功或失敗都是我自己的問題！」Neil說完抓起包包就走，他此刻恨不得緊緊抱著小海，告訴他這些壓力不該是他承擔，小海根本不用一個人肩負這些東西。

Neil回家沖完澡後，只圍著一條浴巾就拿起手機，猶豫要不要聯絡小海。他腰間的傷疤若隱若現，這條從腰際往下延伸的疤，似是一根刺，他只要摸到、看到，就會想起車禍那天。最近爲了忙復出，他竟然已經很少想起這根刺了。

猶豫半天，他才逼迫大拇指按下撥出鍵。手機另一端傳來少年的聲音，聽起來很沙啞，少了平常明亮清朗的聲線。

「Neil，怎麼了？」

「你能來我家嗎？坐車來，我叫車給你。」

「很浪費錢，我可以自己過去。」

「這麼晚了，我不放心。」

小海還想再堅持，Neil卻說道：「拜託。」

最終小海拗不過，乖乖坐上Neil叫的Uber，只見Neil開門迎接時，頭髮都還沒乾，身穿鬆垮的居家服，眼神多了幾分夜晚會有的疲憊感，看起來有些危險的氛圍。

小海從沒見過這樣的Neil，他有點緊張地進屋，經過Neil身邊時，他嗅到了洗髮精的木質調氣味，這些氣味和視覺上的刺激，讓他的皮膚感到一股電流竄過，所經之處都留下了雞皮疙瘩。

「先坐一下。」

「嗯。」小海盡量讓自己的眼睛不要亂看，但目光仍然偷覷著Neil的半個身子在冰箱前彎下，胸口的胸肌若隱若現。他必須要用很強大的意志力，才有辦法轉移視線。

最後，他看向角落旁邊有兩把吉他，奇怪的是，客廳裡完全沒有相框或是周邊海報。唯獨在電視櫃上，有掛著一條PICK項鍊，是黑底M字的造型。

「我家沒有什麼吃的，只有這些零食。」

「沒關係。」

Neil將飲料零食擺在桌上，隨手將燈一關，室內忽然陷入漆黑，讓小海身體不自覺緊繃。這種短暫失去視覺的狀態，會放大其他感官，他能感受到Neil炙熱的體溫由上至下貼著自己坐下，他身上的洗髮精香氣，像是香氛似的，擴及小海全部的身體，彷彿整個人都沐浴在只屬於Neil的氣味裡。

小海感覺喉嚨愈來愈乾燥，腦海還胡思亂想地重播剛剛不小心瞥見的胸前景色，

「咳！為什麼關燈？」

「別急。」Neil摸黑找到遙控器，開啓投影機，白色的光打在白牆上，逐漸顯現出的畫面，讓小海忘了那些胡思亂想。

「珍貴畫面，只給你看。」

那是一支Neil過去和Matt練團時拍的影片，熟悉的臉孔在畫面出現，Neil為了緩解那股悲傷，開玩笑地說：「你的偶像Matt。」他頓了頓，又補一句：「也是我哥。」

小海不禁偷瞄Neil的表情，發現他說出這句話時，只是在假裝輕鬆，事實上他似乎用了很大的力氣，才有辦法說出那句「也是我哥」。

小海默默將目光繼續轉回到影像上，能夠看見過去Magnet的練團錄影，是可遇不可求的。

「還要繼續？」Neil抱著吉他，表情和語氣都充滿不耐煩。

「我們用錄的就知道你的問題在哪了，不然我剛剛說你哪邊不對，你都不承認。」

「我哪有，本來就沒有不對。」

「行，你就再彈一次，好不好？」Matt的語氣溫柔，半哄半強迫地讓弟弟就範。

Neil彈了一遍，Matt搖搖頭，決定自己也拿吉他彈一遍。

「看出差別了嗎？看不出來看錄影。」

「不用看錄影了，我練！」Neil總算看出來自己到底哪裡彈得不一樣，雖然不甘心，但也只能乖乖地練。

影片不長，放完了一遍，又自動重播，影片中的人彷彿定格在最美好的時刻，永遠不會老，卻也永遠不會再回答現在的Neil任何一句話。

「我很想我哥。」Neil低下了頭，把臉埋在膝蓋裡。「我是一個老是在失敗的人。」

「沒有這回事。」

「是眞的。」他的聲音因爲埋在膝蓋裡，所以聽起來悶悶的，小海不知道怎麼辦，只能靜靜傾聽。

「幾年前Reese有幫我安排過幾次表演，一開始都是小表演，我同樣光是走到後台就無法喘氣。後來，我向他保證我沒問題了，他幫我安排一個科技公司的尾牙場，結果……我一走上舞台就昏倒了。那次之後，Reese就不敢再幫我接任何表演。眞的很失敗，不是嗎？沒了我哥，我什麼都做不到，沒了我哥，我甚至連一個人表演也……」

「你已經可以上台表演了啊，你已經跨出一步了！」

「嗯，我知道。」他總算抬起頭，濕潤的髮有點凌亂，他緊緊盯著小海，「那是因爲你出現了，小海，是因爲遇見了你，才讓我能重新站上舞台。」

小海有點慌亂，連忙搖搖頭，「我沒有那麼偉大。」

Neil忍不住伸出手撫著小海的臉頰，「你知道嗎？你的眼睛有某種奇特的力量，光是看著就會讓人很安心，而當我在舞台上，我知道你就在旁邊時，就能讓我很放心。」

「Neil……」

「過去的我，是依賴著我哥、Reese才有辦法走下去，我承認現在的我也在依賴你，但是，我也想成爲能讓你依賴的人。不要獨自面對一切，有我在。」

在聽見那句「有我在」的瞬間，小海一直忍住的情緒終於潰堤，眼眶泛紅，淚水也無法控制地洶湧。

Neil拉起小海的手，另一隻手抹去他的眼淚，「你願意相信我嗎？」

小海哽咽到無法說話，他幾乎是出於本能地，舉起雙手捧著Neil的臉，輕輕地靠在他的額頭上，就如同Matt對Neil做的那樣。輕靠額頭後，他沿著Neil鼻梁一路下滑，情不自禁顫抖地吻了Neil。那個吻有點濕、也有點鹹，更帶了幾分青澀。

當他蜻蜓點水地落下一吻要抽離時，Neil低聲沉吟一聲，一手將小海緊緊抱入懷，一手扣著他的後腦杓，將那青澀的吻，轉爲迫切的渴望。

「唔……Neil……」小海覺得快無法呼吸了，他們的鼻子擠壓著彼此，Neil發燙的舌頭更是一次又一次地進攻，讓他退無可退。

他感到愈來愈暈眩，甚至分不清此刻到底是做夢，還是現實……

曲目8　成爲戀人之前……

讀書、補習、考試。

小海從有記憶以來，這三件事就是他生活的全部。

他不懂，小學時在寫「我的夢想」這篇作文時，他寫的明明是想加入學校樂隊，擔任朝會、各種典禮的奏樂之一。他的夢想很小，不需要花大錢去學什麼樂器，他的直笛吹得很好，音感也被音樂老師誇很準，但爸爸看到那篇作文之後非常生氣。

他們家是傳統的白領家庭，父母都是。爸爸在公家機關，母親則在外商擔任翻譯，對他們來說，好好念書才是人生成功的關鍵，任何會影響念書的事，都不准他做。

自從他寫了那樣的作文後，他再也不能在家練習直笛了，爸爸甚至偏激地丟掉他的直笛，寧可讓他上音樂課被老師罰站。

整個小學，他每天早上朝會時，都只能用著羨慕的眼神，望著樂隊演奏。他本來還有一些會一起玩的朋友，但不知道什麼時候開始，那些人都不再跟他玩了。他們說，他的媽媽會打去向父母告狀，說他們會帶壞小海、害小海不能好好讀書。

於是，小學的畢業旅行他沒有參加；於是，在畢業紀念冊裡，他只有班級團體照、大頭照兩張照片，生活照完全沒有他。即使如此，他也沒有優秀到拿模範獎畢業，他的成績就只能在排名第二、第三徘徊。

升上國中後，小海經常感到對生活喘不過氣。明明才國三，小海卻經常流露出上班族才會有的疲態。這天放學，他刻意從學校後門離開，並且把手機關機，逃難似地跑了好幾條街，直到跑到河堤附近，這才放慢腳步，慢慢到鞦韆那裡坐下。

正常的放學時間是傍晚快五點，夏天要日落還需要將近一小時左右，所以此刻的河堤依舊明亮，逐漸西斜的陽光將樹叢照出了長長的樹影。少了烈日的炎熱，此刻的風隨著鞦韆一盪一晃特別舒服。

他不禁閉上眼，明明盪得不高，卻因爲失去視覺的關係，讓他有種失了方向的飄然感，晃著晃著，好似只要一鬆手，他的人生就能自由地飛向天空似的。

「這種高度就算鬆手，也摔不死喔。」

一道嗓音打斷他的自由，在他眼前的是一名戴著黑色鴨舌帽和口罩的青年。青年的打扮並不突兀，突兀的是他揹著一把吉他。小海曾經看過吉他社的同學放學後，人人背上都揹著一把往社團辦公室走，他其實很想知道吉他的弦摸起來是什麼感覺，撥弦又能發出怎樣的聲音。

他慢慢用腳煞車，將鞦韆停下。

「這張考卷是你的嗎？」青年遞上一張考卷，上頭確實是小海的名字。

小海這才發現自己的書包沒有關好，隨著盪鞦韆的動作，考卷竟然掉出來了。

「謝謝。」他打開書包，將書包內的考卷全部拿出來，將掉落的那一張夾進去。

「哇，看起來好像每張都是一百分耶！借我看看。」

小海防備地看著眼前的怪人，要不是對方揹著吉他，小海眞的會把他認定為壞人。

青年接過一疊考卷，唸出了其中一題：「小華暗戀小美，想幫她慶祝生日，小美告訴他，她的生日月份和日期相加是二十，日期的三倍比月份的兩倍大三，請問小美的生日應該是幾月幾號？小華沒機會了，小美根本不喜歡他。」

青年在旁邊的鞦韆上坐下，為了方便坐進鞦韆，他把吉他拿下來靠在腳邊，「難怪你會哭，這些題目我看了也很想哭。」

「我沒有哭。」他的眼睛和臉都乾乾的，這人是哪隻眼睛看到他哭了？

「有時候人在悲傷，不一定要流淚。」

「你是誰？我們認識嗎？」

青年笑了笑，「不認識啊。對了，你喜歡聽什麼音樂？」

面對這種讓人摸不著頭緒的人，單純的小海只能被牽著走，「我沒在聽音樂。」

青年像是聽到什麼不可思議的言論，瞪大了眼睛，隨即便將吉他從背袋裡拿出來，熟練地架在腳上。他只輕輕撥了第一個弦音，就讓小海一怔——就是這個，他一直，想聽看看。

在喜怒哀樂全無的等千年
每天閉上雙眼／等待灰飛煙滅
直到 看到你 突然地出現
直到 期盼著 何時能再相見
靜止了時間 劃出了光線
你的笑靨 讓我恍神 讓我想念
縱使忽雨忽晴 又忽遠忽近
仍願意永遠縱容你 無法無天

中版速度的歌曲，旋律卻不似此刻接近夕陽般地低落，小海覺得，唱著這首歌的青年，就像炎夏的午後，經過了汗水的洗禮，在陰涼的樹下小憩，旋律由熱情轉爲舒服。在青年彈完最後一個音階的瞬間，他的眼睛彎成月牙的形狀，而陽光從後襯托著他，使他特別耀眼。

「你聽過 Magnet 樂團嗎？」

「沒有。請問剛剛這首歌，是那個樂團的歌嗎？」

「你喜歡？」

「非常喜歡！」

青年又笑了，「音樂很棒對吧？你現在一點都不悲傷了。」

「可是，我媽說念書對我才是最好的，只有念書才會有未來。她從來沒說過音樂很好……」

青年收好吉他站起身，比起剛剛陽光從側方照著他，此刻他走到小海面前。西斜的陽光此刻正好在他身後，青年脫下了口罩，小海卻因爲背光看不清他的臉。

「如果全世界的人都只會讀書，那麼還有誰來唱歌？」

他摸摸小海的頭，踏著輕快的步伐離開，遠去的背影又遠遠地喊道：「一切都會沒事的！」

小海摸著自己頭，看著那個奇怪的青年，感到心跳蹦蹦蹦地跳著，非常地強而有力，像極了對方剛剛擊弦時發出的砰砰聲。

「……Magnet嗎？」

那天，是小海媽媽說小海開始叛逆的日子，但對小海來說，是他找回人生自主權的一天。

♬

小海輕喘著氣，他的嘴唇又紅又腫，在被吻到喘不過氣的瞬間，他想起了那個回憶。那天的他，因爲那個青年說過的話，心臟彷彿活了過來，跳得又急又重，一如此刻。

Neil直勾勾地看著小海的眼睛，並意猶未盡地撫著他的臉頰，「爲什麼你都會露出這種眼神？」

「什麼眼神？」

「看著我的時候，很難過的樣子。」

小海眨眨眼，幾分鐘前流露出的情緒，在這一瞬間又收了回去，他稍微退開一些。在離開Neil的懷抱時，他的身體瞬間感受到一絲涼意，這個涼意也讓他從腦熱的狀態中清醒過來。

一想到剛剛兩人吻得難分難捨，他就覺得全身緊繃，也有點害怕這樣失控的發展。

「那個……我先回去好了，我答應Reese要趕快把歌給他。」

Neil反射地抓住小海的手，「小海，我喜歡你。」

他又喊他的名字了。

他永遠不會知道，每次他喊一聲「小海」，他的心跳都會漏一拍。如果有心電圖裝在他的身上，數據的波動絕對會像突然上升又下降的陡坡。

可是……

「今天的一切都太混亂了，我需要一點時間。」

「好，我等你。」Neil不敢急，他好怕就這樣把小海嚇走了。要不是小海主動吻了他，他也不會控制不住地回吻，甚至終於願意承認自己對他的心情。

或許從一起逃跑的那個晚上，從自己看到他第一眼的那個瞬間，自己就被那雙黑眸深深地吸引，並甘願跳進他的世界。

次日，Neil自帶一團低氣壓進入公司。

小莓剛泡完咖啡，非常驚訝在這個時間看見Neil，「你今天怎麼會這麼早來？才快九點耶。」

「我又沒其他的事要做。」Neil不自覺地用了不好的口氣回答。

「心情不好？」

Neil整個人窩在會客用的沙發上，完全不想回答。

小莓雖然對他很想翻白眼，但也只能忍耐。

「Reese呢？」

「老闆去開會了。」

「是喔，會很久嗎？」

「你居然會主動想要找老闆，果然是中邪了嗎？」平常要用綁的才能綁來的人，現在不但自動一早出現，還乖乖地要找他的債主Reese ?!

「我只是問問。」

小莓搖搖頭要走，Neil急忙喊道：「等等，我有事想問妳。」

她雙手環胸，狐疑地看著他，「你不會是要借錢吧？」

「不是！真的只是一個問題而已。」

「說吧。」

「我朋友啊，他啊……他昨天衝動跟人告白，但我太緊張……啊不是，是他太緊張，沒先確認對方的心情就告白了，現在該怎麼辦？」

「你的朋友是你嗎？」

「不是。」Neil幾乎是秒答。

「你在談戀愛？」

「沒有！」

小莓露出奸笑，通常這種「我朋友」的起手式，都是自己，而且Neil脾氣這麼差，他又沒什麼朋友！

「所以對方拒絕你的那位朋友了嗎？」

「沒有，他、他是說要冷靜地想一想，妳覺得這代表什麼意思？他很困擾？不喜歡我……我朋友？」

「也不能說不喜歡，如果不喜歡，就會委婉地說『現在還不想談戀愛』、『我有喜歡的人了』之類的。所以，他說要想一想的話，就是真的想一想囉。」

「不懂。」Neil聽得更是頭痛了，喜歡和不喜歡這樣的心情需要想嗎？他從一開始就知道自己會喜歡小海了，難道小海不是這樣想的？需要想？

「你以為每個人都像你？」

「我怎麼了？」

「咳……我是說，不是每個人都像你一樣，總是很清楚自己的感覺，有些人會比較謹慎，對待感情不隨便，所以需要確認好自己的心情，才會決定要不要在一起。」

「我懂了，因為我是大明星，所以他要考慮多一點？原來如此。」

小莓覺得自己剛剛浪費了很多口水，她怎麼會天真地以為，可以開導一個自戀的人關於戀愛的事情？

「嗯，就是這樣，我要工作了，你自便。」

♬

社團辦公室內，亭菲難得地沒有勤奮地把握時間工作，而是看著電腦螢幕恍神。

沒有關好的窗戶吹進一陣風，差點將她放在桌上的展覽票根吹走，她急忙撿回來，鬆了一口氣。

這是一張未來都市展的票根，由於展覽的模式很特別，從二維碼互動再到線上投票決定展覽走向等，這一系列的策劃宣傳都讓她很感興趣，而且就在駁二展覽，但因爲門票不便宜，她觀望了好久。

從展期還沒開始，她沒事就會用手機滑到宣傳頁面一看再看，連宣傳單都撿回來放在包包，有空就拿出來看看。

沒想到阿良突然在前兩天拿了一張公關票給她，「我朋友給我的公關票，妳有興趣一起去看嗎？」

「這、這是那個未來都市?!」

「妳知道？那明天一起去？」

「好啊！確定是公關票吧？」

「上面寫得很清楚啊，不相信啊。」

亭菲根本是開心上了天，加上確認了門票是免費的，她已經不在乎要一起去的人是誰了，重要的是她可以去看！

阿良的表現也很自然，看起來就只是爲了看展，沒有其他事要做，甚至也不打算看展後一起吃飯。

直到看展結束，他們走到出口時，遇到了一個工作人員向阿良打招呼，「喔！阿良，這就是你說的那個一直很想來看展的女生吧？如何？還滿意嗎？」

「咳，很滿意。走了、走了！」阿良尷尬地擠眉弄眼，趕緊推著亭菲往外走。

「剛剛那個人說的是什麼意思？」

「沒什麼意思啦，不要想太多。」

「大叔，你不會是喜歡我吧？」亭菲毫不猶豫地丟出問題，沒想到阿良一聽，臉紅到了耳根，連話都說不好。

「誰、誰喜歡妳了，趕快回家了！」

她那天就這樣看著一個年長她好幾歲的男人，竟然像個羞澀的少年，因爲心事被人揭穿落荒而逃，她則緊緊捏著票根，緊皺眉頭，陷入苦惱。

突然電話聲響起，是媽媽打來的，「媽，我已經有匯這個月的生活費給妳和弟弟了，貸款也繳了，知道啦！我會注意身體，妳放心。」

「唉……」一掛上電話，她發出嘆息，接著很快就發現，有個人也跟她幾乎同時嘆氣，「小海？你什麼時候來的？」

「啊？剛剛。學姊爲什麼嘆氣？」

「沒事，你來得正好，我寫到一段剛好需要你的幫忙。」她快速調整表情，並將票根小心翼翼地收進錢包的夾層內。

只見畫面的檔案是關於期末報告的綱要，前幾點寫著關於Neil&Sea成團緣起的相關要點。

「主要是因爲我對Neil不太熟，這樣寫你覺得可以嗎？」

小海仔細閱讀關於Neil的部分，上頭寫道：「Neil今年二十七歲，十九歲時與哥哥攜手出道，Neil的音樂才華和非凡的舞台魅力，讓他迅速贏得了廣大歌迷的心。同時，Neil也以帥氣的外貌、幽默的個性，以及令人難以抗拒的性感魅力而著名。」小海看到「性感魅力」四個字時，腦海強制播放起昨晚Neil深吻他時的眼神，以及那溫暖的舌尖在他的嘴裡糾纏……

「小海，你的臉怎麼這麼紅？是發燒了嗎？」亭菲擔心地摸摸他的額頭，發現體溫很正常。

「沒、沒事！」

「你怎麼怪怪的？」

「學姊才是，我剛剛看妳居然會把票根收起來，以前妳不是都直接弄不見嗎？連火車只搭個兩站也能弄不見的程度。」

亭菲想起之前他們兩人曾經去別的城市做田調，的確發生過這種糗事。

「現在誰才是學姊，誰才是學弟？」說不過小海，她決定搬出學姊的姿態。

「對不起。」

「說吧，你爲什麼怪怪的？」她嗅到了八卦的味道，表情難掩興奮。

很需要有人可以說說的小海這才從實招來，結果亭菲差點被自己的口水嗆死！她的耳朵剛剛都聽了什麼了？

「接吻！什麼時候？」

「昨天。」

「怎麼開始的？」

「就一起看他和哥哥以前的錄影，結果不知道怎麼地就……」他實在講不出口，是自己先主動吻人家的。

「然後呢？他說什麼了？」

「他說想要成爲我能依賴的人。」

「老天爺啊！」

亭菲興奮到想大叫！她老早就覺得這兩個人很有火花了，沒、想、到！還眞的天雷勾動地火了！啊嘶她好興奮啊！

「學姊，妳還好嗎？」

「你們彈琴彈到談戀愛，不會太浪漫了嗎？」

「我們昨晚沒有在彈琴啊……」小海覺得亭菲根本已經陷在自己的想像中，完全沒在聽他說什麼了。

「所以，你要跟他交往嗎？」

「我不知道，我沒有想過。」

亭菲一聽，晴天霹靂。都接吻了還不在一起要幹嘛！

「什麼叫沒想過？那好，你有想過我是你的誰嗎？」

「學姊啊。」

「阿良是你的？」

「老闆。」

「Neil是你的？」

小海忽然腦袋空白，支支吾吾了半天才說：「夥伴！是夥伴！」

亭菲嘆口氣，拿起桌上的飲料喝著，表情一副孺子不可教也的模樣。

小海癟癟嘴，不服氣回問：「那學姊，我是妳的？」

「可愛的弟弟。」

「Neil是妳的？」

「可愛弟弟的**夥伴**。」她刻意強調最後兩個字，還附加了一個白眼。

「那阿良是妳的？」

這下子，連小海也沒想到的是，亭菲居然也遲疑了。她狡猾地直接轉移話題：「如果你不想要發展成戀愛關係，可以把他繼續當成你的夥伴，只要幾天不見面就可以冷卻了。但這是你要的嗎？」

以問題回答問題，亭菲閃躲得很巧妙。

「我……」

「我看過一本書，裡面說過愛的價值，在於它提供的特殊體驗，那是感性、獨佔且不能逃避的。」她一說完這句話，內心也猶疑了幾分，彷彿這句話不是說給小海聽，而是在說給自己聽。

小海沉默下來。他想著這陣子的點點滴滴，想著Neil總是用一雙不加掩飾的眼神看向自己，有時是真誠，有時是求救，又有時是炙熱到讓人怦然心動，尤其是那一句「我喜歡你」。

「學姊，我好怕。」

「如果因爲害怕，就什麼都不敢體驗，這樣的人生太浪費了。」

小海瞬間想起很久以前，他的人生只有讀書這件事。亭菲的話給了他勇氣，那個答案也漸漸在心裡清晰起來。

「我還要去系辦打工，今天就先這樣，晚上酒吧見。」

「等等，我有東西想給妳。」

小海順手替亭菲戴上一邊耳機，亭菲只聽前奏就認出了這首歌的旋律，正是亭菲在酒吧工作時隨口亂哼的。

「這是……」

「那天我聽到妳在哼，所以把它變成一首完整的歌，送給妳。」

「小海……」亭菲覺得很感動，眼睛澀澀的。

小海正要繼續解說，沒想到亭菲竟然掩面哭了！

「學、學姊！」

「對不起，我沒辦法忍住，因爲很少有人對我這麼好。我眞希望你就是我的弟弟！」

亭菲忍不住抱緊小海，小海先是僵硬了一下，隨即也回應擁抱，他覺得心裡暖洋洋的。

「我也希望妳就是我姊姊。」他的家人都無法給他這樣的溫暖。這種無條件支持自己的感覺，也是因爲認識亭菲他才能感受到，所以才會想爲她寫一首歌。

「學姊。」

「嗯？」

「妳喜歡阿良對吧？」

「……」

「希望這首歌可以帶給妳勇氣。」

「……嗯。」

♫

Neil已經練唱好幾個小時了，就連午餐小莓叫他吃飯，他都不吃，彷彿在逃避現實，一股腦地只埋在音樂的世界，好像這樣他的煩惱就能減輕一點。

小莓拿著三明治和咖啡進去練團室，嘆了口氣，「我如果是個愛減肥的女生，跟你和Reese工作一定很開心，因爲你們都不愛吃飯。」

Neil原本正在彈一段solo，腳踩效果器，手指快速地在泛音、擊音中交錯炫技，一被小莓打斷，他才逐漸感受到手指的痠痛，就連指尖都摩擦琴弦到快要著火的程度。看來是練過火了。

「那就吃一點吧，謝啦！」

「說吧，你昨天是跟誰告白了，你可是Neil耶，跟人告白還需要擔心成這樣？」小莓直接捅破那層紙，讓Neil慌張地差點連三明治都拿不好。

「就……」

「嗯？」

「就是……小海。」他像個做錯事的孩子，說得非常小聲，即使如此，小莓的耳朵可是聽得一清二楚。

「你說什麼！小海？你是瘋了嗎？被老闆知道你就死定了！」小莓的理智線幾乎是秒斷。過往Neil再怎麼荒唐，基於他是公司藝人的角度，她都盡量保持禮貌和禮讓，但這件事非同小可！她完全不懂，怎麼會有人在這種緊要關頭談辦公室戀愛！

「妳不要告訴Reese不就好了？」

「你到底知不知道你在幹什麼？你們要出專輯耶！你難道就不能忍一下嗎？」

「感情這種事怎麼忍？」

「我警告你喔，我們家小海是第一次出專輯，你可不能壞了他的前途！」

「他怎麼會是妳家的？」Neil爆發了佔有欲，立刻反擊。

「小海現在就是我們家的啊。」

「照妳這樣說，那我也是妳家的？」

「你是路邊撿的啦。」

喀啦。

練團室的門被推開，來人正是小海。

還在爭論不休的兩人立刻噤聲，尷尬地大眼瞪小眼幾秒後，小莓立刻找藉口先離開了。

「不是要練團嗎？」小海一副彷彿什麼都沒聽見的表情，平靜地問道。

Neil欲言又止，但因爲小海的臉色不好看，他什麼也不敢多說，乖乖地拿起吉他，開啓他們的練團日常。

只不過小海今天的狀態又更加不尋常，比起前一天的錯誤百出，今天的小海即使不再瘋狂出錯，但琴音間流露出的煩躁感，讓對音樂很敏感的Neil也愈聽愈被影響。但即使如此，他也盡力忍耐配合小海，不敢中斷練習。

突然，小海自己停了下來。

他深吸口氣，平常都面無表情的人，此刻的浮躁感顯而易見。

「怎麼了？」

小海突然抬頭瞪著Neil，愈想愈覺得今天自己所有不好的情緒，罪魁禍首都是Neil！害他一直煩惱不知道該怎麼辦，害他一直怕兩個人的關係會不會影響出專輯、影響所有一切，而這個罪魁禍首竟然還有心情吃三明治、喝咖啡和彈吉他！

「我今天一整天都在心神不寧！我明明要趕快把歌寫好，但因爲你，我一整天根本沒有在想寫歌的事！」

Neil第一次看到小海這樣，雖然有點嚇到，但又有點開心。小海願意展現情緒失控的一面，是不是就代表自己讓他很信賴？

Neil走到小海旁邊，像安撫炸毛的貓般輕撫他的背，慢慢地、慢慢地順著他的心緒，直到他冷靜下來。

「小海。」

「幹嘛？」

「我們去別的地方練習吧。」

「咦？」

Neil快速收拾音箱和設備，也讓小海幫忙拿，接著拉著他的手出發。

「我、我們是要去哪裡練習啊？」

「是祕密基地。」Neil眨眨眼，這個眼神，讓小海胸口一緊，即使對於去的地方感到疑惑，仍還是乖乖跟他走。他覺得Neil整個人都很犯規，即使什麼都不做也能擾人心緒，何況還是像這樣自然地牽著他、拉著他的時候……

好在練團室的樓層和辦公室的樓層不同，Neil不用擔心會被小莓發現，輕鬆地就把小海拐走了。

出了Echo Music的大樓，往斜對面順著馬路走不到十分鐘，就來到高流對面的位置。此處沿著碼頭設置了幾個可供租用的場館，特別的是，每一個場館的屋頂有延伸的樓梯和草皮，可以讓人走上去。

此刻是下午時分，但因爲是平日，附近根本沒有什麼人。

兩人走上場館的屋頂後，對面就可以看見珊瑚礁造型的高流，以及許多私人船艇停在碼頭邊。

Neil迅速設定好設備，還幫小海架好電子琴，接著效果器一踩，他對小海露出了笑容。即使兩人沒有說任何話，透過歡快的節奏，小海也不再抗拒地彈起電子琴跟上。

他們沒有練習任何Magnet的歌，而是其他樂團的歌曲，是會讓人彈奏起來心情變好的音樂。Neil原本還擔心，他彈的這些歌小海會不會不知道，沒想到小海首首都聽過，每一首不但能跟上，還能變化出不同的間奏，讓他非常驚艷。

在陽光下，兩人時而用純音樂互軋，時而一人一句高唱，引得對面場館原住民餐廳的人，都紛紛走出來看他們。過了半晌，其中一名駐店的原住民歌手，竟然也拿出木吉他並裝上了喇叭，和他們合奏起來！

就這樣一上一下，小海驚訝地對著樓下的人歡笑，彼此以音樂打招呼，以音樂玩樂，交織一首又一首的歌曲。

三人有默契地在Neil最後一個長solo結束後，一起在空中畫出一個完美的休止符。

「謝謝！」小海對著樓下的人揮手，對方也揮揮手，接著進餐廳繼續準備開店。

小海轉頭看著Neil，一整天下來，他終於能好好地、盯著那雙只看著自己的眼睛了。

曲目9　屬於我的歌

「哥，組團要有團名吧？要取什麼？取帥一點的那種。」

「怎樣叫帥一點的？媽叫你回電給他，你回了沒？」Matt正切料丟進火鍋中，想起了媽媽的叮囑。

「還沒，她在國外過好新生活就好，我們這裡發生什麼事，她也遠水救不了近火。帥一點的就像閃靈、滅火器、血肉果汁機那種的。」叛逆的Neil硬是想要把話題拉回到取團名一事上。

自從爸媽離婚後，他們的親權歸屬媽媽，爸爸則是將公司重心轉移到新加坡，幾乎不回台灣了。媽媽則是在離婚一年多後，認識了第二任丈夫，丈夫是日台混血，婚後她就跟著丈夫去日本定居。

當然那時他們的媽媽也曾堅持過，不放心將兩個小孩留在台灣，是Matt做出了保證，保證他們會好好念書畢業，也打算認眞從事音樂這條路。如果不是Matt的決心，他們可能都要轉學去日本了。

「人家取團名都有其意義，你只是聽起來覺得帥，根本不懂人家的故事吧？媽懷孕了，她大概是想親口告訴你這件事。」Matt也不遑多讓，弟弟想一次聊兩個話題，他也能配合。

「故事？那我們有什麼故事？爸媽離婚都過新生活，把舊的愛情結晶丟下的故事？」

Matt深吸口氣，他知道弟弟此刻有多幼稚，對於爸媽的不諒解就有多深，「我想過了，就叫Magnet吧。」

「magnet？磁鐵？」Neil一臉不明所以，他完全不懂這個單字有什麼特別的意義。

「既然我們這兩個舊的愛情結晶被留下了，那我們就是對磁鐵，無論未來再怎麼變，我是positive，你就是negative，我們的連結永遠不會斷。」Matt將煮好的好幾片肉夾到Neil的碗裡，露出了滿意的笑容。看來，這個名字他已經想好很久了。

Neil無言地看著Matt，「哥，這是指以後我有另一半，你也要這樣緊緊地當個磁鐵的意思嗎？」

「你的腦子就只會想到那種事嗎？」

「我的腦子真的只有這種事。」

由於Neil的表情太過認真，讓Matt不禁放聲大笑，「吃飯！」

美好的回憶總是燦爛奪目，此刻Neil和小海坐在碼頭邊的白色水管上，他的目光雖然看著海，但靈魂卻穿越到過去的某時某刻，和那時的自己一起歡笑。

「他說再怎麼變，我們的連結永遠不會斷，但還是斷了啊，無論磁鐵的吸力再強，也不可能把他吸回來了。」

「但他的音樂還在啊，他的音樂和你的靈魂緊緊黏在一起了。」小海伸手戳著 Neil 的心臟，「我會學音樂是因爲 Magnet，不可否認我的風格深深地受到 Magnet 影響，而你的音樂則是和 Matt 的音樂緊密不可分割，所以才會成爲相互吸引的 magnet。」

Neil 似乎終於明白了當初 Matt 取這個團名的意義。那時面對父母離異的他們，他自己是覺得被父母丟下了，但 Matt 或許更是體悟到未來的不可預知。就因爲不可預知，就因爲有一天可能會再次面臨分離，但只要他們的音樂是相互吸引的 magnet，不管有沒有在一起，他們都在彼此的身邊。

「你明明年紀比我小，爲什麼……」

「因爲我不是你，Matt 不是我的哥哥，我才能客觀看待。如果今天是我自己的親人，我應該也會跟你一樣，可能還會更糟。」

「怎麼可能，我不信。」

「眞的，我到現在跟我父母的關係還是不好，尤其是我爸。我爸媽在我高中時離婚了，我的撫養權是判給我爸，我媽則是改嫁去德國了。我爸最恨我喜歡音樂，就連現在也是。即使我跑來高雄念書，他也會常常傳訊給我媽，要她幫忙勸說我。我怎樣都逃不了他們的反對和控制，更得不到他們的理解。」小海低下頭。他很難向他人說自己家裡的事，尤其是提到家人，這是他第一次對別人訴說。

「不認同你，但還是有在關心你吧？」

「我不認爲那叫關心，我爸他……根本不可能溝通。我自從自己辦學貸、養活自己在高雄念書後，我就封鎖他了。他現在想要聯絡我，要透過我媽。」

Neil笑了，「你知道嗎？眞正的冷漠和不關心，就是不聞不問，我爸就是這樣。畢竟他一直以來都比較喜歡我哥，我哥不在之後，他這幾年一次都沒聯絡過我。」

「也許他只是怕傷心？」

「眞的不是那樣，眞的。像我媽，雖然知道我不喜歡接她電話，但她會透過Reese知道我的消息，也會固定傳訊息關心我，哪怕我不會回。所以，你的爸媽還是愛你的，只是各自愛的方式不一樣。」

「本來想安慰你，結果反而又被你安慰了。」小海忍不住又靠近了Neil一點，他們兩人輕靠著彼此，就像碼頭停泊的船隻，隨著海浪拍打，慢慢地靠攏在一起。

「小海，你已經安慰到我了，是你讓我知道Magnet更深層的意義。」

「我只是猜測……」

「我喜歡你的解釋，我只願相信你的解釋。」Matt轉頭看著小海，哪怕自己此刻看起來冷靜，但其實很想擁抱他，甚至擁有他。他渴望小海的一切，已經不只是心靈上了，他想要更多。

小海察覺到Neil此刻的眼神愈來愈炙熱，他不知所措地移開目光，Neil卻不容許他逃走，一手輕輕掐住他的下巴。Neil性感的薄唇，輕輕覆蓋在他那略微顫抖的唇上，口水的沾染讓他輕輕一顫，他來不及推開，就被緊緊擁入懷，再次墜落在這深不見底的慾望中。他能感受到Neil的舌尖由冷變熱，無處安放的手也能碰觸到Neil逐漸隆起的狂野。

忽然有人逐漸走近，這才讓小海拿回理智，用力將Neil推開。Neil微微側身，掩藏住自己的重要部位，小海也趕緊拿包包壓在腿上，即使是在昏暗的地方，他漲紅的臉仍像晚霞般若隱若現。

「好可愛。」Neil不禁在他耳邊悄聲說道。

「很晚了，該把東西收回去了。」小海逕自起身收拾樂器，步伐還相當快，但無奈

Neil的腳很長，三兩下就追上小海，但他沒有再故意去撩撥小海，而是暗自希望這些情緒能在小海心底慢慢發酵。

兩人回到練團室後，想著今天外出時抓到的手感，又認眞練了一個多小時，直到小海肚子餓想泡杯麥片才停下。

等到小海端著麥片回到練團室，這才發現Neil在沙發上睡死了，也只有這樣的時刻，小海全副武裝的心情才得以鬆懈一些。他大膽地盯著Neil看，伸手整理對方的劉海，發現他眉頭深鎖，便隱隱覺得心疼。

這個人雖然幼稚歸幼稚，但對什麼事都是認眞的，包括對他說的話也是。

「我也喜歡你。」早就喜歡了，很早很早以前就喜歡了。

♫

深夜的街頭幾乎沒有人車，尤其是靠近高流附近的社區住宅更是寧靜，上班族早已入睡，只在深夜開的肉燥飯還有不少人排隊，但大多的人神情疲憊，看起來只想吃飽後好好入睡。

Reese停好車回到家，一開門不禁對著屋內喊道：「Orca？」

發現沒有回應，玄關的鞋也不在，他的表情難掩失望。

玄關的鞋櫃上擺著白板，白板上的留言寫道：「下午回來沒看到你，這兩天練團比較滿，今天大概又要在練團室過夜，後天見。」除了留言以外，還多畫一個唱歌的Q版Orca，以及一個累壞的Orca。

僅僅是一段文字和插圖，就讓繃了一整天臉的Reese露出笑容，他珍惜地看著白板，輕輕往牆上一靠。他內心有個衝動，想讓自己現在就去見Orca一面，但理智卻不允許他的身體做出任何多餘的事。

他哪有資格啊。

他早在那一年就拒絕Orca了啊。

六年前的葬禮結束後，Orca也準備要回泰國了。

那時的氣氛相當低迷，Neil的爸媽雖然都有來葬禮，但Neil爸很快就回新加坡，Neil媽則是因爲太過自責，自責到無法面對Neil，只好先和丈夫回日本，以免觸景傷情。雖然她也有問過Neil要不要一起去日本散散心，但在那裡根本沒有Neil的位置可言，

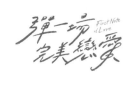

母親和新的丈夫育有一子，他們才是一個家庭，而那個家裡並不需要多餘的Neil。所以Neil拒絕了。

Orca也見證了這些事情，更看到Reese強忍著悲傷，替Neil去應付父母、應付公司和應付媒體大眾。Reese根本沒有時間悲傷，他唯一脆弱的時刻，就是剛接到通知的那一刻，之後他再也沒有哭過。

別人都以爲Reese很強大，只有Orca心疼到不知道該怎麼幫他。

當時Orca再次來到他們三人的住處，一樣的階梯，一樣的擺設，走上去後他沒見到Reese，反倒看見Neil累得縮在沙發睡，怎樣都不肯睡在曾經和Matt共眠的床上。

曾經在他眼裡如同一個孕育夢想的小窩，如今像個蜂群都已離去的蜂窩，蜂蜜都已乾涸，殘留的外殼早就不閃閃發光。

他走上屋頂，果然看到Reese獨自坐在露台的座椅上，那張臉好像在短短十幾天內老了十歲，哪怕沒有留滿鬍碴，哪怕眼神依舊有神，但Orca就是看得出來，Reese把自己逼得多緊。

「Neil呢？」Reese注意到Orca上樓，自然地問道。

「他睡了。」

「你什麼時候回泰國？」

「下禮拜。」

「時間過得眞快，我記得當時也是在這個露台，第一次見到你。」

「你記得？」

Reese的眼神變得溫柔，他拿起桌上的筆，自然地拉著Orca的手，在他的手臂上畫了一個醜醜的Q版Orca，並在一旁也畫了一個Q版的自己。

「我不會忘記你。」

Orca鼻頭一酸。Reese一定不知道，他剛剛在他身上畫的每一個筆畫，都猶如在他的心上塗鴉，一點一滴把他和他們畫在心上，有點搔癢，也有點痛。

他終於抑制不住衝動，伸手攬住Reese的後頸。兩人對視了幾秒，似乎不再需要言語說明，他們愈來愈靠近彼此，他也能感受到Reese極力隱藏的急促呼吸。

一開始是Orca拉住Reese的後頸輕啄他的唇，但Reese接著彎下頸，回應了他的吻。兩人的吻很保守，只敢在彼此如蜜桃般的唇上放肆，沒人敢再往前一步，哪怕舌尖發燙地渴望想要探索。但Orca不想再主動，他想要看看眼前這個男人，願不願意爲了自己，努力往前一步。只可惜，他們的吻最終只能停留在唇間，略略喘氣的同時，他彷彿能看見Reese的眼中是有自己的。

「——對不起。」Reese用中文說道，接著抓抓頭懊惱地用英文說：「抱歉，我只把你當朋友。」

「嗯，沒關係。」Orca自然地微笑，彷彿這個拒絕對他來說不算什麼，彷彿他也只是玩一玩，眞心什麼的根本沒動過。

他不是爲了面子在逞強，而是不希望此刻事情已經多如牛毛的Reese，會因爲他的告白，又增添了一件煩惱，這不是他想要的。他只希望對方能快樂，可是這個只會讓他心疼的傢伙，根本不懂怎麼讓自己快樂起來。

他到底該拿Reese怎麼辦才好？

「要好好的，好嗎？」Orca伸手摸了摸這個大男孩的頭，只見原本充滿愧疚的Reese，在對上那雙清澈無害的雙眼時，所有的愧疚和無奈都得到了短暫的安寧。

「好。」

「我走了，等我再來。」

最後四個字，像一顆小石子，悄悄地在Reese的心湖上顫動，泛起圈圈漣漪。Orca說還會再來，他並沒有因爲自己的拒絕，而讓這個告別成了永遠。

六年後的今天，Reese倚著牆，想起了那個吻，以及Orca那晚做出的保證。後來Orca眞的努力抽空來台，哪怕有時隔八、九個月才能來一次，但已經六年了，Orca一直都還在，還在他身邊。

Reese在白板上寫下回應：「後天見。」並且也在後面留下一個Q版疲累的自己。

♬

次日，Reese一到辦公室，就看見小海已經在裡面等自己了。他正捧著咖啡在看窗外發呆，連Reese進去了都沒發現。

「一早就收到小莓消息，說你在等我？」

小海一轉身，憔悴的模樣嚇壞了Reese。這可不是一向精神奕奕的那個少年啊，這充滿頹廢感的模樣，彷彿讓他看見了那年的Neil，引起了他的惻隱之心，有些不忍。

「Reese，最近籌備得不順利嗎？」小海明明自己的狀態也不好，反倒先顧及起Reese來，大概是看到他忘了刮的鬍碴，才會先擔心別人。

「沒事，這你不用擔心。你這麼早就在這裡，該不會是昨天練團練了一夜？」

「嗯，我們昨天睡在辦公室。」

「不要累過頭，保持健康也很重要，沒人會想看到憔悴的歌手。」

「知道了。」

「你還好嗎？」Reese忍不住關心，他對小海其實充滿愧疚，「我很抱歉那天和你說了那些話。」

「我沒事，曲子我正在趕工中，會沒問題的！」小海深吸口氣地說：「其實，我今天來是想要請你幫我約Orca，我希望能聽聽他的意見。」

Reese愣了愣，他覺得自己好像一直小瞧這名少年了。對方雖然年輕，但很經得起壓力，就像一顆寶石，愈是對他琢磨敲打，便愈是逐漸展露一點點的光芒。

「我知道了，我來安排。」Reese笑了，他彷彿當年看到Matt和Neil般，他覺得眼前這名男孩，絕對能在日後發光發熱。

♬

小海充滿韌性的個性，也讓Orca會心一笑。此刻小海已經迅速地抵達練團室，不需要Orca給出指令，小海自動地走到keyboard前試音。這台電子琴和小海自己的完全不同，高檔了許多，有很多他不知道的按鈕，試了幾個發出的變音更讓他感到有趣，如果能讓他把這台抱回家，肯定又會研究個整晚不睡，甚至還能寫出一、兩首新曲也說不定。

「陪我練一首？」Orca拿起貝斯，順手試了幾個音。

「練什麼？」

Orca此刻覺得言語很多餘，於是引導地彈奏幾個和弦，腳輕踩效果器，拉出長長的延音。小海立刻從這個延音中抓到重點，立刻彈起Orca其中一首歌的前奏，而且非常熟練，這讓Orca很驚訝。

其實小海早在那天遇見Orca後，接連幾天都在聽他的歌，甚至還研究了Orca的編曲風格，以及現場演奏時會刻意調整某些歌的節拍，好掌握現場的氣氛。就像小海現在彈奏這首歌的方式，就是使用現場演奏的速度，而這個變化讓Orca相當驚訝，他沒想到短短幾天小海會有這麼大的進步，簡直和那天現場表演時截然不同。

兩人一首合奏結束後，又在Orca的起音下換另一首，一連試了好幾首歌，還有一些Orca比較冷門的歌曲，小海也都能跟上不說，更能在間奏中創造屬於自己的solo。這些solo的風格不同以往，因爲是更高檔的電子琴，小海立刻應用了平時沒用過的效果，讓歌曲展現出不同的層次。

兩人的音樂火花在這一刻沒有國界之分、你我之分，他們互相搭配、融合，好像這些歌不是舊歌，而是這一刻才創造出來的新曲。

幾曲結束，Orca稍作休息，他兩眼發亮地看著小海，像看著什麼寶貝的寵物，這目光讓小海很不自在。

「呃，還可以嗎？」

「不一樣，你完完全全地不一樣了。」Orca一步步走近小海，他很想知道這短短幾天是什麼改變了小海的音樂，彷彿在小海身上的枷鎖被拆掉了，他不再畏首畏尾，可以全力地展現自己……一定有某個原因讓他改變。

「你是不是談戀愛了？」Orca手托著下巴，一副名偵探的表情緊緊盯著小海。

小海顧左右而言他，面對不想回答的問題，他慣性地用別的問題閃避，「其實我今天來這裡，是有事情想問你。」

「問吧。」

「我替Neil寫的那首歌，自己一直都很不滿意，覺得好像不適合他，請問你可以給我一些建議嗎？」

「嘿！幫人寫歌不是要去想什麼適合他，而是要想，你想著那個人時，自然而然會浮現怎樣的歌。那首歌不是那個人需要的，而是你因爲想著他才寫出來的，是屬於你們的歌。」

小海想起前陣子爲亭菲寫歌的心情，就像Orca描述的那樣，他單純是想著亭菲而去完整那首歌，並沒有特別去想那首歌適不適合她唱，也因此才能感動她，也能感動自己。

Orca爲了更有效地溝通，拿出了紙筆開始畫畫。

他畫了一個小海，又畫了一些音符，接著在周圍畫上許多觀眾，在觀眾之外又畫了一個Neil。小海一眼就認出那是Neil，因爲踟躕的表情很符合他。

「你如果只想配合Neil，就會看不見自己本來的樣子。」

接著，他又畫了一個專輯塗鴉，並在專輯周圍加上亮晶晶的效果，「最重要的是，因爲有你的存在，才會變得更美好。」那隻手直直地指向小海，小海感覺有束光在這瞬間打在自己身上。他一直以來想躲在角落，而此刻Orca讓他知道，一直站在角落，是無法幫助Neil的。他也必須要成爲一個閃亮的存在，兩顆星星的光互相折射，才會更加耀眼。

小海點點頭，笑了。

同一時間，Neil從小莓口中得知，小海竟然去找Orca了，這讓他非常不是滋味。爲什麼要去找Orca？有什麼事不能問他要去問Orca?!重點這兩個人還都不接電話？兩人共處一室又不接電話，難道、難道是在做什麼事嗎？

Neil鬼鬼祟祟地來到練團室門外，但大門深鎖，再加上電話都打不通的關係，他氣得只好傳訊息轟炸Reese。

Neil：小海是我搭檔耶。

Neil：Orca那麼愛耍帥，小海會被他騙！

Neil：他們現在居然都不接電話！你說他們真的是在練習嗎？

Reese：小海只是請假一天，去認識新朋友。

Reese：而且他也只是去找Orca聊聊創作心得。

Reese：他還那麼年輕，多認識人是好事。

Reese：請問

Reese：是關你屁事！！！

Reese：你又不是他爸！

Neil看著訊息，更氣了，想半天才終於想到要怎麼回擊Reese。

Neil：他是Magnet的粉絲，偶像管粉絲天經地義。

「Neil？」

就在這時，Neil的背後傳來小海的聲音，讓他像個突然被抓包的犯人，著實地抖了一下。

「你、你們結束了？」

Orca瞇起眼，故意把手搭在小海的肩上，「對啊，我們練得很愉快！」

「……」Neil緊緊盯著那隻手，光用眼神就能掐死Orca好幾遍。

小海渾然不知這兩人的各種細節交流，他轉頭對Orca說：「今天謝謝你，我請你吃飯吧。」

「幹嘛請他吃飯？他錢多到都花不完，爲什麼要你請？」

Orca順勢說：「是喔，那你請？」

「我……我請就我請。」Neil皮笑肉不笑地看著Orca，若是有機會，他一定要在這人的飯裡加瀉藥。

「Neil，謝謝。」小海真誠的笑容讓Neil又軟化下來，乖乖地帶著兩人到隔壁的餐廳吃飯。

三人坐定位後，Neil很滿意小海是坐在自己旁邊，但不是很高興Orca坐在小海對面。他覺得這人根本就是故意的。

「你們剛剛在幹嘛？爲什麼不接電話？」

「我們很忙啊。」Orca語氣曖昧。

「我只是在請教Orca音樂的問題。」

Neil一聽立刻從英文切換成中文問道：「那爲什麼不問我？」

「他教了我很多。」

「我就沒辦法教你那麼多？」

Orca看兩人用中文唇槍舌戰，不用聽懂也大概知道在吵什麼，他悠悠地說：「很明顯小海有更好的選擇。」

「你從以前就很愛搶我風頭。」

Orca看著小海，「你會選擇我吧？」

Neil強勢地勾住小海的下巴，不讓他看不該看的人，「小海，我比他好多了吧？」

小海進退兩難，好在服務生此時上菜，才終止了兩人的爭奪戰。

幼稚的爭奪結束，Orca換上了正經的態度說道：「Sea，這次的國際音樂祭，你來當我的樂手，和我一起站上舞台好嗎？」

「咦?!我嗎？」

「Orca，你會不會太過分了？」

Orca用泰文回答：「怎麼了？沒有自信？」

「說中文啊。」這次Neil不說英文改說中文。

「我不要，你可以學泰文啊。」

小海受不了地說：「你們都不要鬧了，先吃飯。」

兩人暫停戰火乖乖吃飯，吃沒幾口，Neil又用英文說道：「你不要以為我不知道，你是因為嫉妒Reese對我太好，所以從以前就一直處處針對我。」

Orca的祕密就這樣被公諸於世，他明明平時吵架都能吵贏Neil，一時之間竟不知道要怎麼回嘴了，主要是他很驚訝那個不會讀空氣的Neil，竟然知道他的心思。

小海則是聽得一愣一愣，感覺自己聽到不該聽的事，只好低頭繼續吃飯，不敢插嘴。

「你追不到他的！」Neil確認之後，乘勝追擊，Orca原本輕鬆的表情，也變得略微緊繃。

「Neil，你不如管好自己的事就好？」Orca擦擦嘴，「Sea，我很期待你的回覆，先走了。」

Neil沒想到眞的把Orca惹毛了，平時兩人鬥來鬥去，也沒眞的動過肝火，看來是話題扯到Reese才讓他這麼生氣。

「Neil，Orca人很好，你不要這樣欺負他。」

「你在幫他說話？」

「我只是希望我的夥伴好好的，不要失去任何人，他是你的朋友啊。」

Neil本來醋意一股勁地上來，卻因爲小海一句「我的夥伴」立刻消氣。他從來都不知道，自己的心情可以因爲一個人，這麼快速地起起伏伏。他好像愈陷愈深了。

餐後Neil耍著無賴，硬要小海送他回家，其實只是想要兩人再多相處一下。

他人高馬大的身軀，坐上那台小小的機車雖然很彆扭，但因爲可以和小海貼得緊緊的，所以他很喜歡。

小海感受著Neil的體溫，覺得有點躁動，每次他都必須要在腦中想很多論述，才能壓抑莫名的渴望。

Neil緊緊抱著小海，將自己靠在他的肩上，一吸一吐的氣息在小海耳邊像搔癢一般，令人難耐。

「你今天爲什麼跑來？」

「我是怕你被Orca帶壞。」

「我們就只是在聊音樂，怎麼可能帶壞我？」

「聊音樂很危險啊，我就是看你彈琴，所以就愛上你了。」Neil的直球，不讓小海有任何閃躲的空間。比起他們情不自禁地擁吻，只要不說破，就可以假裝什麼都沒變，但言語就沒有閃躲的空間了。

Neil見小海沉默，又說：「我們明天不要練團了。」

「怎麼了？」

「因爲，我想和你約會。」

遲遲等不到小海回答，Neil以爲自己又揮棒落空，結果到他家後，小海淡淡地說：

「明天下午三點來接你。」

「好、好！」Neil盡量假裝鎮定，直到小海騎遠了，他才像個中樂透的人似的，邊走邊跳地回家，連管理員看到都以爲Neil是不是又喝醉了。

♬

次日，Neil一早就起來搭配衣服，本來想盛裝打扮，但怕這樣太過耀眼，會被人認出來，畢竟他可是大名鼎鼎的Neil啊，還是得做些低調的打扮才行。最後換來換去，他還是選擇平常的白衣黑褲，並猜想小海可能也會搭配這樣的色系。果不其然，當他下樓看見小海也是一身白衣黑褲外加一件牛仔外套時，便暗自竊喜，他們這樣簡直就是情侶裝！

兩人搭乘渡輪船去了旗津，在旗津吃吃喝喝並沿著沙灘散步，他們不聊音樂只聊彼此的興趣，就像情侶似的。

黃昏時分，他們來到高雄燈塔，八角型的白色燈塔，遠遠看就能感受到異國風情。隨著餘暉落盡，周遭華燈初上猶如童話仙境，剛退去的餘暉仍讓天空染有一點藍，配著點點星光，眼前的夜景令人屏息。

兩人在榕樹下並肩而坐，小海這才決定將話題帶回到工作上。「其實Orca和我分享了很不錯的想法。」

「他說什麼？」

「他叫我不要寫你本來就會唱的歌，而是要寫出我的歌，我因爲想著你而浮現的歌。他說，這才是作曲人存在的意義。」

「Orca這個人，就是滿會說話的。」哪怕Neil不得不承認這個想法很好，但心裡眞的不想認同。

隨即他又補充說道：「但他說得很對，你只要做你自己就好，寫你想要寫的，寫你想著我寫的。」

「我會努力。」

「是我們一起努力。」

「至於當Orca樂手的事，我沒有資格對你提出不要去的要求，雖然我會不甘心，但那對你來說是很好的機會。」

小海一聽，語氣難得果斷，「我不會去。」他認眞地看著Neil說道：「我想好好完成我們的專輯，完成那場演唱會。」

Neil好想告訴小海，此時此刻的小海，比他還帥氣，比他還耀眼，只是小海自己都不知道，「你比我勇敢多了。」

突然，天空降下大滴、大滴的雨滴，雨滴穿過樹葉，一場傾盆而來的驟雨下得太過臨時，一時之間兩人不知道能躲去哪。他們只能往燈塔的方向跑，最後暫時在燈塔的簷邊躲雨。

Neil的頭髮、肩膀都被雨淋濕了，小海浮現出一個叛逆的想法。

「我們跑下去吧。」

「我怕你感冒！」Neil完全不同意。

小海脫下了牛仔外套，「這樣遮著，就不會感冒了。」

小海不給他時間思考，拉著他一起衝進雨裡。牛仔外套當然無法遮蔽傾盆大雨，但是兩人緊貼在一起，在雨中奔跑的每一秒鐘，在小海心裡都被無限放大。Neil淋濕的樣子很性感，大手爲他遮雨的動作也讓他很心動，當兩人終於跑回岸邊，一起在廁所躲雨時，Neil用手爲他擦掉臉上雨水的手很溫柔，溫柔到小海忍不住抓住了Neil的手，輕輕親吻。

Neil感受他冰涼的唇貼在手背，渾身上下一陣陣顫慄湧動，他倒吸口氣，從沒想過在他眼裡是個小白兔的小海，竟然也會有主動勾人的時候。

他低頭親吻小海的額頭，沿著額頭親到鼻子、臉頰再到嘴唇，只是這次他不再像之前那樣激吻，而是在小海耳邊細語：「今天只能這樣了，再下去我怕我會沒辦法忍耐。」

小海的耳根立刻竄紅，他趕緊拉著Neil進廁所擦乾身體，Neil看他那樣害羞的模樣眞的很想再逗逗他，但礙於這裡是公共場合，他很怕一發不可收拾，只好趕快收斂。

這一晚，回家後的兩人，無論是誰都失眠了。

曲目10　讓我們分開再愛

「你不要以為我不知道，你是因為嫉妒Reese對我太好，所以從以前就一直處處針對我。」

若要Orca說不在意是騙人的。

他很在意，在意很久了。

雖然他明知Reese對Neil是對待弟弟的情感，但哪怕是弟弟的偏愛也好，他也希望Reese能將那樣的偏愛分給自己一點，能將目光多在自己身上停留一點。他真的只要一點點就夠了。

這些卑微的心態，都藏在他那自信滿滿的笑容下。每一次Reese的拒絕，他雖然都嬉笑帶過，其實都在在摧毀他想繼續堅持下去的勇氣。

所以他只能喝酒，只能把自己灌醉，喝到微醺和男人、女人調情，可以接吻、可以彼此撫摸，不需要付出一點真心。

奇怪的是，每次只要他喝到別人要約他去旅館延續曖昧，他都會藉故離開，並且自然地向計程車報上Reese家的地址。

Reese回家了，一進門就看到Orca滿身酒氣地躺在沙發上。Orca微微睜開瞥了一眼，露出大大的笑容，自然地用泰文說道：「你回來了。」

「你怎麼又跑去喝酒了。」Reese無奈地用中文碎唸，滿客廳的酒氣，可以嗅得出來Orca到底喝了多少酒，接著，他皺了皺眉轉換成英文問道：「有杜松子味，你不是不喜歡喝琴酒嗎？」

「嗯？朋友請的。」Orca也用英文回答。

「朋友？有哪個朋友不知道你不喜歡喝琴酒？我看是酒吧新認識的。」Reese邊唸邊倒了杯水，語氣雖然不慍不火，話語卻有點酸。

Orca也不接過杯子，撒嬌地張開嘴要人餵，Reese嘆氣，像在照顧寵物似的，動作緩慢輕柔。

「我酒量好像退步了。」

「確定不是喝嗨了才喝太多？」

「生氣了？」

「怎麼可能，那是你的自由。」

「頭好痛。」眼見Reese仍然在生氣，Orca繼續裝可憐撒嬌，還故意用泰文。

「你這樣明天還能練團嗎？」Reese坐到他的身後，自然地揉著他的太陽穴，並且故意用中文回答。

「明天休息。」Orca繼續用泰文說道，接著回頭俏皮一笑，「你能陪我唱歌嗎？」

Reese拿出一把木吉他，Orca輕輕放在腿上，瞥了Reese一眼露出勾人的淺笑。他用Dm和弦做開頭，節奏是慢板，旋律平穩沒有太多變化，由繭摩擦琴弦發出的弦音，在這深夜裡就像寂寞發出的嗚咽聲。

Orca一開口，Reese就愣住了，他沒有想到竟然是一首中文歌，而不是英文或泰文。

變得都不像我 每當你出現時候／一個眼神就讓我慌亂無措
你已經發現了嗎／會從此疏遠我了嗎
自問又自答／像個傻瓜
只要你笑了就夠／即使不是我
只要能擦肩而過／回憶就能洶湧
如果你有天回頭／找不到愛傻笑的我
能不能夠有一點點 的難過

歌詞帶了點心酸，但因爲曲風的關係，又能感受到酸中帶甜的滋味，再加上Orca

放緩的歌聲詮釋，讓整首歌呈現出暗戀的苦澀感。

「我們還是沒有可能嗎？」Orca放棄了語言上的叛逆，終於用了比較好溝通的英文說道。

「就各種層面考量都不可能。」或許是不想傷害Orca，也或許是不希望他能聽得懂，Reese選擇用中文回答。

Orca故意露出茫然的表情，而在那份茫然的表象之下，是他的心在淌血。但他不能表現出來，不能讓Reese爲難，所以他只能忍耐。

「聽著。」這次Reese拿出白板，用英文說。

「好。」

「你和我，遠距離。」他畫了一個台灣和泰國的小地圖，中間橫跨了長長的拋物線，顯示他們之間除了心離得遙遠以外，物理上的距離也很遙遠，他還標上了兩千兩百六十公里。

「不遠啊。」Orca還在做掙扎。

Reese更實際地寫上機票來回兩萬元，來回時間四小時，並乘以一年十二個月所要花費的時間和金錢。

「根本不合成本。」

「我有錢。」

Reese繼續作畫，畫了一個Orca、一個自己，並在上面用英文寫上理性和感性。

「我們個性也不合。」

「我們又沒吵架過。」

「我跟你解釋了六年來我們不能在一起的原因，你都不能明白，這樣還不算溝通有問題？」

Orca歪著頭思考了一會兒，他臉上的防線還很堅固。沒有問題，他可以繼續抵抗。

「會不會是因爲你不想學泰文？」他用泰文反駁。

「我有學！」Reese用泰文回答，接著用中文反問：「你才是爲什麼不把中文學好？既然說到學語言，那我們的成本還要加上語言學習費。」

「聽不懂。」Orca故意用泰文表達不滿。

「我學泰文一年花了二十萬台幣，而且還沒學好。」Reese用中文無奈地說。

「你跟我學不用錢啊。」Orca用泰文笑道，狡黠的目光閃爍。他是故意讓Reese知道，自己其實從頭到尾都聽得懂他的中文。

「最重要的是……」Reese決定使出殺手鐗，他在代表Orca的小人上寫上大大的「BRO」。「最重要的是，我把你當兄弟。」他改用英文說道。

「我不相信你。」Orca依舊維持著笑容，這次他沒有在逞強，因爲連Reese自己都沒發現，在一來一往的唇槍舌戰中，Reese爲了爭贏，在剛剛說那句話時，表情露了餡。

他是不甘願地說出「當兄弟」那句話的，因爲他說完還微微地咬了嘴唇。這個反射動作，說的人不會注意到，但因爲Orca的目光都只在Reese的身上，他會有什麼小習慣，Orca都一清二楚。

Orca眼底的盤算流轉，他放下吉他問道：「你是不是抵押了房子？」

「你怎麼知道？」Reese用中文說道。

「祕密。」

「這個小莓，她居然背叛我。」

「你就是雙重標準，爲了Neil可以不計代價。」而爲了他，爲了他們，一個簡單的兩國分離就能打退堂鼓。

Reese抿唇不語，他不知道怎麼解釋，他也很委屈，最後用中文說道：「我只是想完成那場演唱會。」

Orca輕輕抱住Reese，「我知道。」

「我不想要Magnet消失，我一定要完成那場演唱會。」

兩人就這樣輕輕抱著，誰也沒有先離開這份溫暖。Reese雖然雙手沒有抱著Orca，但他的下巴輕輕靠著Orca的肩，這表示他並不抗拒擁抱，也不抗拒對方。

「如果我給你一個舞台呢？」Orca斟酌再三地想了一個辦法。

「什麼意思？」聽出和工作有關，Reese終於願意好好用英文對話。

「我可以幫你談到音樂祭的最大舞台，當壓軸演出。不過要有個條件，Neil必須證明他已經克服舞台恐懼。」

「你怎麼……」

「我和他當朋友那麼多年，怎麼可能會不知道。過去他都是因爲有Matt，才能好好在台上演出。」

「原來你都知道。」

「如果他能證明已經克服了，我就能幫他談這個合作。」

「沒問題！」Reese稍稍退後，他看著Orca，眼神不再像剛剛那樣了無生氣，而是充滿希望。

「如果眞的很感謝我的話，可以親我一下。」Orca指指自己的臉頰，還以爲會得到Reese的拒絕，沒想到對方卻伸手替他整理了凌亂的劉海。這樣一個親暱的動作，讓Orca很是緊張，酒精餘韻仍在，他的臉頰微微泛紅。

「早點休息。」Reese的眼神從溫柔轉爲冷靜，他壓抑地說完就起身回房。關上房門後，他背對著房門，並輕輕摸著左胸口，此刻那處如同奔跑了五公里一般，狂跳不止。

而Orca也躡手躡腳地走到房門外，他輕輕摸著門板，終究沒敢跨越玩笑的那層紙，他很怕自己如果太過認眞地表達，他們之間就無法維持下去了。

「只要你笑了，就夠。」他低聲呢喃歌詞，沒敢讓Reese知道，這首歌是寫給他的，而且永遠都不打算公開發表。

♬

一大早，小海就收到通知要去Echo Music開會，他直覺地認爲Reese要說的是好事，因爲他從來不打波浪符號，今天居然在群組裡的訊息句尾加上了兩個。

果不其然，當他和Neil面面相覷地在會議室等待時，迎來了難得滿面春風的

Reese。

「各位好朋友！今天有個好消息要向你們宣布！」

Reese抱著筆電就定位，會議室後方的小莓順手將燈關一半，好讓投影機的影像可以清楚投影。

簡報仍然是「Neil&Sea特別企劃」，Reese展開說明：「原本訂於專輯發售日後一個月舉辦的演唱會不舉辦了，變更爲——」

簡報的下一頁大大地顯示「跨年音樂祭X Neil&Sea壓軸演出」！

「沒錯，如各位所見，原訂要辦的演唱會取消，我們會直接前進音樂祭擔任壓軸！」

悲觀主義的小海立刻舉手發問：「可是音樂祭就在下個月，來得及嗎？」

「這就是現在的問題了。」Reese收斂了表情說道：「依照你們現在各項的能力值表現來看，關於Neil的部分合作能力是沒問題了，但是舞台能力還是沒有達標。至於小海的部分更是顯而易見，歌曲還未完成。」

小海感到胃在翻攪，即使最近他眞的做了很多努力，但歌曲就是怎樣都寫不好、寫不滿意。哪怕Orca的指點已經相當清楚，但這個瓶頸他還是過不了。

「我和Orca正在努力和音樂祭的主辦方協調你們的表演事宜，但前提是，你們的能力必須要達標才行。所以我們預計在月底時，舉辦一場小測試，用來確定你們眞的能成爲音樂祭的壓軸。」

簡報的下一頁顯示「演唱會封測」。

「等等，Orca？憑什麼我們能不能演出和他有關。」Neil立即發出抗議。

Reese完全不想理會幼稚的Neil，繼續說：「這個月底，我們會先選擇一個比較小的場地進行表演測試，確定的條件有兩個，一是Neil可以穩定站上舞台，二是小海的歌已經完成。小海，你的創作進度還ＯＫ嗎？」

「沒問題。」小海鄭重地點點頭。

「很好。」

Neil原本還在吵吵鬧鬧，看到小海那麼認眞，也只能安靜下來。

「如果兩位都已經清楚條件，有辦法做到嗎？」

「這有什麼難的？我可是Neil，不對，我們可是Neil&Sea！」

小海望向Neil，內心感到一陣奇異感。每當他有那些負面和悲觀的想法時，看著Neil總是那麼勇往直前，好像就沒那麼怕了。Neil總說在舞台上，小海是他的安定石，但更多時候Neil才是小海的安定石。

「對，我們是Neil&Sea。」

♬

晚霞在傍晚時分已經落到了海面，再過幾分鐘就會完全西沉。明明前些日子，這個時段的落日離海面都還有段距離，但是一入秋天的高雄，大概下午五點多就只能看到粉橘色的餘暉。等到小海停好車、走到店外時，天色近乎要全黑。

「小海，今天怎麼這麼早就到了？」阿良都還沒開始準備員工餐，沒想到小海就已經來上班。

「學姊看起來比我更早，她是上幾點的？」

「她？她是來蹭免費冰水還有食物的。」阿良搖搖頭地說。

「大叔，明明是你下午問我要不要吃看看你自製的水果冰，怎麼把我說得像白吃白喝的人？」

「咳咳！對、對不起。」

本來還想在人前表現出老闆模樣的阿良，亭菲一個挑眉就讓他服軟，「小海，要不要先吃冰？很好吃喔。」

「先不用了，我的胃不太舒服。」

「什麼？還好嗎？」

「還是晚餐吃粥？」

面對兩人的熱情攻勢，小海更是有苦難言，他嘆口氣，雖然想趕快說正題，但他就是覺得亭菲和阿良怪怪的。

「你們兩個……」

「什麼關係都沒有。」亭菲秒回。

「我什麼都還沒問。」

阿良搔搔頭，一溜煙地躲進廚房準備晚餐。

「別問我了，明明就是你有話要說。」

阿良明明已經躲進廚房，此時又偷偷探頭出來，對小海投射關心目光。

「其實，我可能需要請假一段時間。」

「請假？當然沒問題！」阿良又走出來，手上拿了一罐優酪乳，「小海，你先喝這個，讓胃舒服點。」

「謝謝。因為接下來的時間可能會很趕，大概要休一個月。」

「這是小事，別弄得像要和我們分開一樣，就算真的要分開我也支持你。小海，我希望你能完成夢想。」

「可是店裡這麼忙……」

「大不了大叔再請個工讀生。」

「小海又沒說不回來了，怎麼可以那麼快就讓人取代他？放心，我和亭菲會撐著。」

「你剛剛還說就算真的分開也會支持他耶。」

「小海又還沒真的跟我們告別。」

「所以你真的打算讓我累死……」

「學姊，抱歉！」

「沒事啦！為了你，我可以撐！但是真的不打算回來也要盡早說啊，讓大叔趕快去請人。」

「哈哈！當然。」

「妳說得好像我會壓榨妳似的。」

「你是啊，各方面。」亭菲大膽地強調最後三個字，阿良一聽立刻扭頭躲進廚房。

即使他跑得很快，亭菲依舊沒看漏他的耳根和脖子都紅了。

「謝謝你們。」單純如小海，他當然沒發現自己的老闆怪怪的，「今天休息前的最後一天，我會好好努力！」

「傻瓜，你就是太努力了。」亭菲揉亂小海的頭髮。這陣子她一直替小海拍了很多花絮和短影片，不只是她這個旁觀者，社群媒體上也有很多小海的粉絲，心疼他太累。

♬

「每天早上跑三公里、唱歌練習，然後再去跑三公里、重訓、飲食控制……等等，團練時間怎麼這麼少？」和小海那邊的溫馨氣氛不同，Neil看著Reese給他列的訓練菜單，簡直讓他叫苦連天！

「你們這陣子練得夠多了。」

「行程這麼滿，不就很難見得到面？」

「是要多常見面？」

「至少一天要見一次吧？我不擅長遠距離，沒有每天見面我沒有安全感。」

「嗯，是喔。」Reese 隨意附和，察覺不對猛然抬頭，「你剛剛說什麼？」

「就……那個……我肚子好痛。」

「你給我過來。」Reese 的語氣平緩，看起來不動聲色，但 Neil 知道，這是 Reese 氣到極致會有的表現。

「小莓……救我啊……」Neil 發出慘叫，但已經來不及了，Reese 已經像隻豹撲向他，一手擋住往門的出路，一手按住他的肩膀。

「你好好地再說一遍，現在是什麼情況？」Reese 怒極反笑，Neil 冷汗直冒，之前他闖了再大的禍，Reese 都沒這麼生氣過。

「我、我前陣子告白了，就這樣。」他完全不敢放肆，有問必答。

「我到處幫你找錢、找資源，還抵押房子，而你在幹嘛？談戀愛？跟團員，是嗎？哈哈哈。」

「Reese，你冷靜點，你如果殺了我，Echo Music 怎麼辦？不對，Orca 怎麼辦？」

Reese 力氣極大地把人抓回沙發上坐好，「我怎麼會殺你呢？我房子都抵押了呢。」

裝乖不成，Neil 乾脆耍賴，「這怎麼能怪我嘛，人心是不能控制的！」

小莓走到門外看了看，還順手從外頭反鎖辦公室，並對 Reese 比了一個讚。

「哇靠！小莓！」

「小莓，幹得好。」Reese青筋暴跳，看來他今天不好好教訓這個弟弟是不行的了。

經過一番惡鬥，Neil頭髮凌亂地倒在沙發上，幾乎已經放棄掙扎任憑Reese發洩憤怒。

「對不起，我錯了……」

Reese揉揉吃痛的手，優雅地坐回單人沙發，「你到底在想什麼？現在這個時期這麼重要，你到底有沒有搞清楚狀況？」

「我知道啊，我都有好好練歌，吉他也每天練好幾個小時。你放心啦！以前表演一場接一場，我哪有搞砸過？我一定會讓粉絲知道我好好地回來了。」

「你真的搞不清楚，我擔心的不是你，是小海。」

「啊？」

「小海和你完全不一樣。」

「小海他很好啊，而且他還有我，他哪裡會不好。」

「Neil，你知道網路上都怎麼講他嗎？不如Matt、配不上Neil，他身上扛了那麼多壓力在寫歌，難道你希望他寫出會後悔的作品嗎？」

「……我不知道有那些留言。」Neil低下頭，迅速拿出手機搜尋留言。

「我拜託你們，暫時分開，好嗎？」

Neil臉色發白，不是因爲Reese的話，而是網路上眞的有很多對小海的惡意留言，但因爲他只在乎自己，也只看得見自己，從來不會去理會網路上的紛擾，再加上小海在他眼裡很好，他還以爲大家也都是這樣想的。

原來，並不是這樣。

原來，小海老是看起來悶悶不樂，並不是全然因爲要不要接受他。

他眞的好自私、好幼稚。他是不是還是像以前依賴Matt時一樣，都沒長大？此刻他內心愧疚的情緒交雜，明明很想繼續和小海甜蜜下去，但現在這些，對小海可能都是一種壓力。

他想見小海了。

小海一下班走到停車場，就看到有個熟悉的影子坐在他的機車上，那人手上還提著一包熱騰騰的鹹酥雞，簡直就對他的行程瞭若指掌。

「去走走吧。」

Neil自然地牽起小海的手，拉著他往旁邊的大學裡面走，沿著人行道，他們走到可以觀海的平台。寧靜的夜晚，讓小海置身在吵雜酒吧好幾個小時的耳朵，得以恢復片刻安靜。

小海戳了一塊鹹酥雞給Neil，他卻避開不想吃。

「怎麼不吃？」

「因爲那是我要買給你吃的。」

小海瞇起眼淺淺一笑，「說得那麼好聽，是因爲要減肥吧。」

「對啦，給你看看我這準備復出的決心。」

小海輕鬆地笑了，僅僅是幾句日常對話，就可以讓他特別放鬆。

「你不是爲了買宵夜給我才來的吧？」

「我們，暫時不要見面吧。」Neil一臉像是下了很大的決心的表情，但看向小海時，卻發現小海不爲所動。

「好啊。」甚至還如此輕鬆回答。

「你……你都不問爲什麼嗎？」

「因爲我也想告訴你一樣的事，我想要閉關寫歌。」

Neil嘆了口氣。他真的是個長不大的孩子，小海明明就比他小，在面對各種事情方面，都比他成熟太多了。他不甘心地緊握小海的手，握得很緊很緊，緊到怕小海跑掉似的，小海也不喊痛，任他像個小獸一樣囓咬。

「我會捨不得。」

「我們有更重要的事要做，你也是。你的粉絲等了你那麼久，一定對你的未來有很大的期待，你一定要拿出最好的自己給他們看。」

「你老實說，你是P型人吧。」

小海不理他，繼續說：「爲了講求效果，連訊息都別傳了。」

「什麼？有必要嗎！」果然是P型！

「有必要，我們要拿出自己最好的樣子，不是一百分而是要兩百分，所以我們不能分心。」小海鐵了心說道，完全無視Neil此刻的表情有多哀怨。

「所以，Neil，我們暫時分開吧。」

小海還以爲Neil會無理取鬧，沒想到Neil從哀怨中笑開來，光笑還不夠，他甚至站起來又叫又跳，最後像偶像劇似的，竟然還對大海喊道：「你終於承認我們在一起了！」

Neil喊完轉頭看小海，而這一刻，小海不敢說的是，自己才不是什麼P型人。他內心此刻的洶湧堪比驚濤駭浪，只要有一絲分心，都有可能會不顧一切，只要和Neil戀愛就好。

小海抿緊嘴唇半晌才說道：「當然在一起了。」

Neil走向前，俯身勾住小海的下巴，勾住還不夠，他緊緊按住，就這樣彎腰索要小海的一切，從舌尖到喉嚨深處，從胸膛的炙熱再到光滑的背部，他恨不得現在就得到全部的小海。

「我會好好忍耐。」他在小海耳邊嘶啞地說：「等到可以的那天，我想要全部的你。」

小海害羞地將臉埋進他的頸窩，即使沒有回答，但他將Neil抱得很緊很緊，用行動代替回答。

♬

兩人決定分開的日子過得很快，距離封測倒數從十五天再到剩下十天，彼此都在爲各自的進度戰鬥，而進度條卻遲遲沒有很大的進展。

Neil最大的努力，就是鍛鍊身體和忍耐不去找小海，哪怕他常常故意慢跑經過小海家，期待能不能偶遇一面。小海則是把自己關在家，歌寫了一遍又一遍，那些音符在他的腦海、筆下不斷重新排列組合，卻愈寫愈像語義飽和似的，那些彎曲的音符變得愈來愈不像音符，節奏更是失衡。

「到底，還少了什麼……」小海戴著耳機，深深的黑眼圈已經顯示他快把自己逼到極限。

就在這時，小海家的電鈴和敲門聲同時響起，活像有個人在外頭討債。小海從恍神中回神，他趕緊把門打開，見到的卻是相當意外的人。

「阿良？」

「什麼都不要問，跟我走，上車。」阿良一見小海短短半月不見，就消瘦得彷彿掉了好幾公斤，他感到相當心疼。

阿良立刻把小海帶回酒吧，酒吧內已經準備好一桌豐盛的菜餚，亭菲則手拿餐具在等他。

「快點吃！」

「沒錯，沒吃完不讓你踏出這裡半步！」

兩人一搭一唱，讓小海哭笑不得，久違地聞到熱騰騰的食物香氣，本來不餓也變得餓了。

「我們就是知道你一定會搞成這樣，才去把你綁來的。」亭菲沒好氣地說：「你的責任感那麼重，眞的會把自己壓死。你不好好照顧好自己，到時候要怎樣用健康的模樣，和Neil一起站在舞台上？」

「你學姊說得對，瘦成這樣都不帥了。」

「你們兩個在一起了，對吧？」小海吞下一口肉，自然地問道。

「咳咳，我們是決定試試看啦。」阿良這次不否認了。

「沒有，現在只是試用期，就跟工讀生試用差不多。」亭菲驕傲地笑了笑，接著拿出一個海浪符號的御守給小海。

「這個是？」

「是阿良找到有神社賣這個，我們一起去買的，因爲我們都是你的粉絲啊。」

小海終於紅了眼眶，他都還來不及恭喜學姊有交往對象，她卻急著擔心他、守護著他，就像他的親姊姊一樣。

「謝謝你們……」他努力把眼淚縮回去，但愈是想縮，就愈忍不住。畢竟自從決定和Neil合作到現在，他獨自承受的壓力真的太多了，再加上現在歌又寫不出來，他都急得不知如何是好。

「我們的偶像小海，你很努力當然很好，可是身為紛絲，也希望偶像要好好照顧自己，不要弄得不成人樣。」

「對啊，剛剛看到你弄成這樣，心疼死了！」亭菲忍不住抱了小海一下，並拍拍他的背。

「我沒關係的，歌快寫完了，你們別擔心。」

亭菲忽然想到什麼地說：「對了，你知道Neil明天要當一日導遊嗎？」

「一日導遊？」

「明天去看看你的夥伴吧，我傳資料給你。」亭菲又寵溺地揉揉小海的頭髮，「不要害怕，再怎麼樣，你都還有退路，還有我們。」

「對，還有我阿良的酒吧，可以讓你天天來表演！」

「嗯！」他破涕為笑，重新打起精神。

♬

一輛看似普通老舊的雙層巴士上，氣氛相當熱絡，原因無他，只因今天有名特殊嘉賓擔任一日導遊。

「天啊！那是Neil吧？眞的還是好帥！」

「對啊，不覺得他現在更man了嗎？成熟讓他更性感了！」

「眞的！光聽他說話我都要沒了。」

Neil有點緊張，熟悉的呼吸急促找上他，他不斷深呼吸做調整，腦海一再重複回想小海的臉，好讓恐懼能找到平靜。他必須要成長，爲了小海，爲了Magnet，他都要成長，他做得到。

「大家好，我是Neil！是你們今天的一日導遊！」

歡呼聲如雷一般響起，Neil面對來自四面八方的目光，心中的恐懼就要呼之欲出，他用意志力死命壓抑，「各位往左邊看，這是高雄著名的地標八五大樓，右邊那個像禮物盒一樣的建築則是高雄總圖書館，晚上華燈初上時，總圖遠看就像個發光的禮物，非常值得打卡收藏！」

雙層巴士從八五大樓出發，沿途經過高雄氣爆重建後的三多路前進。Neil不避諱，用著嚴謹且致敬的方式介紹著這條路的重修過程，以及當年重修完畢，五月天曾經在此封街演唱的事蹟。

順著三多路來到鳳山區，不久便抵達另一個景點，巴士停了下來，好讓Neil好好介紹。

Neil的手愈來愈抖，他必須要雙手緊握麥克風，才能好好握著，「對不起，我眞的很緊張。」

「沒關係！我們等你。」

「對，我們永遠等你！」遊客們的打氣讓Neil感到感激又感動，他只能一遍又一遍地重新呼吸調整，一遍又一遍地對抗他一直以來沒能好好克服過的舞台恐懼。

「謝謝大家！這裡、這裡是衛武營的……咳！這裡是二〇一八年才啓用的衛武營，建築師法蘭馨．侯班的靈感來源爲盤根錯節的老榕樹，透過這樣的交織，將空間設計成有呼吸節奏和穿透感的空間。」

Neil努力克服恐懼，一字一句將背好的稿子，逐漸順暢地用自己的語言表達出來。觀眾們也都很有耐心，哪怕他說得很慢、甚至有點口吃，大家都不斷點頭以表示認同，這也讓他逐漸愈說愈好。

在遠處，小海正看著這一切，看著那個曾經沒有自己就無法好好面對舞台的Neil，靠著意志力一步步往前，一步步走向變堅強的路。

此時飄來一塊烏雲，如同那天他們在燈塔時，在不巧的時刻下起了驟雨。只是這次的雨不如上次來得又急又猛，而是小小綿密的雨滴，如一陣風般吹向衛武營這塊區域，也吹向那個即使下雨了，仍繼續在雨中講解的Neil。

遊客紛紛撐起雨傘捧場地聆聽，有人要替他撐傘，他甚至帥氣地用手撥開濕潤的髮，露出了耀眼奪目的燦笑，哪怕淋雨也淋得像拍海報一樣帥氣。

怦怦、怦怦。

燈塔那日的雨，那日的吻，和此刻綿柔的細雨交織，滴滴落在小海的臉上、身上，就像一直以來Neil從不躲避的愛，打從一開始就毫無保留地包覆著他。

小海輕輕摸著左胸口，感受那股悸動。他的目光緊緊黏在那顆星星身上，眼眶微微泛紅。Neil還是Neil，還是那年的那個Neil。不曾變過。

——我追尋的自始至終都是你，那個即使是在冬夜，都比太陽還溫暖的你。

曲目11　慢情歌

小海想爲Neil寫下一場雨，雨滴落下的形狀和速度是樂譜，如同藝術家江賢二的《德布西——鍵盤》一樣，藍色的雨滴時大時小，在白色的畫布上跳躍、慢舞，如同他們兩人，在那場雨裡奔跑、親吻。

雨水很冰，但在落在肌膚上時會因爲熱氣而變得溫暖、蒸發，如同他們兩個人的心，獨自落下時冰冷，但只要能觸碰在一起，就會變得滾燙。

他，想寫下那樣的一首歌給Neil。

他希望Neil的世界未來如果下雨了，Neil不會傷心，會因爲這首歌而感到幸福。哪怕浸濕在暴雨中，Neil也能露出笑容。他抱著這樣的心情，在鍵盤上敲下音符，歌詞不需要細想就能從心裡流瀉而出。他寫了那樣的一首情歌，一首關於雨、關於Neil，關於他們的慢情歌。

他不知道時間過了多久，當歌曲終於符合心中最完美的那一刻時，他從埋首中回神，第一件事一如反射動作般，他打了電話給Neil。

電話只響了兩聲就立刻被接起，「怎麼了？」電話那頭的聲音雖然沙啞，但語調溫柔，柔得像夏日的微光，哪怕此刻的高雄已經步入初冬。

「我完成了，你可以幫我聽看看嗎？」

「——開門吧。」

小海一驚，三步併作兩步地打開家門，只見Neil揹著吉他、雙手隨性地插在口袋，慵懶的表情讓人看不出等待多時的疲憊，他露出淺笑，「我想聽，我們的歌。」

小海必須承認，他此刻需要很努力、很努力，才能讓自己不要失控地緊緊抱住Neil，他佯裝鎮定地邀請Neil進門，這才發現他太興奮開門，家裡早就因爲閉關多時而亂得不堪入目。

Neil一點都不在意凌亂，他趁著小海在收拾桌子時東張西望，最後好奇地看著掛在曬衣架上藍白交錯的內褲。

「不要看！」小海立刻扯下內褲塞進衣櫃，「聽歌！」

Neil不禁莞爾，不敢再惹怒眼前這隻惱羞的小貓，乖乖地在電腦前坐下，緊張地看著他按下播放鍵。

以鋼琴彈奏的前奏響起，旋律朗朗上口，和弦更是每小節以Dm、F和弦交錯，歌曲的速度設定在72。他看著音軌的流動，明明是電子流動的畫面，Neil卻能從這每一個小節的變化中，聽出小海的用心。

進入主歌的和弦則是轉換爲F、G和弦，Neil被歌詞吸引，那字字句句就像他的心情寫照，不由得讓他的心揪在一塊。進入副歌的和弦是Am、Em、F、D、C、Dm變換，豐富的層次搭配觸動心弦的旋律，更加讓歌曲有雨水滴落之感，滴滴答答、滴滴答答。在他耳膜裡震動的節奏愈聽愈像心跳聲，他甚至能從音樂裡看見，他們兩人在雨裡跳舞的樣子。

被冰封 在被世界 拋棄瞬間
我以為 再也不會 擁有笑臉
天空像破了洞 如人生的暴風
一遍又一遍 肆虐醒不來的夢

We're Just Dancing In The Rain
如果醒不來就跳舞吧／別當成惡夢就享受吧
一圈一圈別輕易停下
We're Dancing In The Rain
I never never never forget it

讓放肆的舞步 盡情跳躍／盡情對著痛苦微笑吧

你說不管世界怎麼轉 怎麼變
你會永遠 在我的身邊

We're Just Dancing In The Rain
讓我們就別想的跳吧／交錯的舞步擦出火花
一步一步將內心融化
We're Dancing In The Rain
I never never never forget it
讓防守的情感 盡情放縱／盡情在這一刻說愛吧
You are the only one ／You're my, you're my love

「怎麼樣？」一曲播畢，小海發現Neil只是恍神地盯著螢幕動也不動，很是緊張。

下一秒，Neil緊緊抱住小海，他沒讓小海看見打轉的眼淚在這一刻滴落，但小海仍然透過頸子感受到的冰涼感知到，他哭了。

小海想推開懷抱，想替Neil擦掉眼淚。「不要看。」Neil沙啞地說：「我好想你。」

「我也是。」小海也想哭了，兩人就這樣抱了好久、好久，久到像過了一世紀般，他們都不想放開彼此。

「我好喜歡這首歌。」

「這是我們的歌。」

「嗯，是我們的。」

Neil退開一些，他的眼底充滿疼惜，伸手替小海整理頭髮，從眉毛到鼻梁、嘴巴，都不自覺地用食指輕輕滑過，「而你也是我的。」

小海害羞地別過頭，「你覺得有沒有需要加強的地方？」

雖然Neil很想繼續逗弄他的小貓，但眼下他對這首歌的情感和靈感都相當澎湃，不想錯過這個感覺。「你的bridge寫得很好，但我剛剛聽了有別的想法，與其在那個地方轉爲Em，我覺得用Am的表現會更亮一點，然後間奏旋律是這樣。」他順手將吉他拿出來，彈了一遍剛剛想到的旋律。

「我覺得可以！」小海點點頭，接著兩人便一起時而彈琴，時而調整音軌，Neil也在小海混音時不停地給出不一樣的建議。兩人對音樂的想法雖然一開始認識時有些不同，但此刻他們的不同，反而讓這首歌變得和諧又有特色，成了專屬於他們的曲風。

熬了一整夜後，歌曲算是正式完成，接著就是要配唱DEMO，配唱前兩人一起反覆練習著歌曲，熟記所有和弦和歌詞。Neil也以前輩之姿，一句一句分析哪部分的歌詞該用怎樣的方式詮釋會更好。雖然小海不是主唱，但在副歌時也需要一起合唱，在主歌的部分也要和音，這一練又練了一整個上午。

Neil從廁所出來，就看見小海抱著筆記靠在沙發上睡著了，露出了心疼又寵溺的表情。他稍微移動小海的睡姿，讓對方可以更舒服地平躺，並拿外套替他蓋上。

「怎麼辦？太喜歡了。」喜歡小海爲他寫的歌，喜歡小海的一切，他從來沒想過，太過喜歡一個人會變得有點害怕，好像雙腳都變得輕飄飄踩不到地。在他正害怕會不會因此墜落時，又會因爲對方的一個堅定眼神，而確定自己可以繼續在空中飛，只因爲他們的手，緊緊地牽在一起。

他輕輕在小海的手背上落下一吻，接著又在他額頭上輕吻，「你是我的，永遠都是。」

Neil走到電腦前，想把電腦闔上，這才注意到壓在桌面底下的票根相當眼熟。他拿出來一看，心不自覺地抽痛了一下。這是Magnet的演唱會票根，完整的票根沒有被撕掉任何一角，如同那日的演唱會，他們未能來得及唱任何一首歌。

他的表情相當複雜，哪怕已經克服了舞台恐懼，哪怕已經決定從這個陰影裡走出來，都不代表這個過去就不痛了。

他將票根小心翼翼地放回桌面底下，突然想看看小海的抽屜會不會也有其他Magnet的東西，又或者是誰寫給他的情書之類。

結果他在第一層抽屜裡發現一個皮製的盒子，裡頭放著三張Magnet的專輯，他開心地拿起來翻看，結果驚見每張專輯的背面都貼著一張Neil的獨照貼紙，這樣的發現讓他愣了好久回不了神。

——所以，小海的偶像一直是他，不是Matt。

他難掩高興地捂嘴，手指反覆確認似的在貼紙上摸過一回又一回，接著將專輯原封不地擺回去。他躡手躡腳地走回小海身邊，又甜甜親了他一口，這才輕輕帶上門離開。

♬

曾經有人說過，高雄的烈日太過討厭，幾乎是不分春夏秋冬地耀眼，耀眼到會讓心情不好的人感到煩躁，也耀眼到讓人感受不到冬天的步伐，總是讓人在某天早晨醒來的瞬間被冷醒時，才知道冬天眞的來了。

小海才剛剛泡好的拿鐵，放了十多分鐘而已就已經變得有些涼。他選了一件白色帽T配上黑色的毛呢長版外套，明明前一天還在穿短袖和薄外套，寒流一來，連秋裝都來不及換，衣櫃的色彩就成了冬裝。

他踏出家門，迎接預期中的冷空氣，和驟降的溫度不同，小海的心情和此刻的陽光一樣明亮，他早早就進到辦公室，遇到小莓還朝氣地打了招呼。

「早安！」

「早、早啊。」小莓嚇了一跳，結巴地揮揮手，她的表情欲言又止。

「怎麼了？」

「感覺你今天的心情很好？」

「嗯！我完成曲子了，而且一定會得到Reese的認可。」

小莓不自覺泛起笑意，比起前幾次小海總是掛著必死決心的表情，此刻的小海終於找回創作人的從容和自信。

「還眞是期待。」

她目送小海的背影，發現他連走路都不再畏畏縮縮，於是欣慰地笑了。

「哈啾！」一個大噴嚏把小莓嚇了一跳，這才發現Reese後腳也抵達，只是看起來狀態非常不好。

「你感冒了？」

「不可能，沒有人剛寒流就感冒的，我沒那麼弱！哈啾！」

小莓無言地看著這個嘴硬的人，忽然想到什麼似的阻止Reese的腳步，「小海已經到了，你戴上口罩，別害我們的歌手也被傳染。」

「……」即使Reese再怎麼不想承認自己的體虛，但事關歌手的身體健康，他也只能乖乖戴上象徵軟弱的口罩。

Reese一推開辦公室的門，就見小海身上彷彿散著光暈，一時之間他以爲看花了眼，揉揉眼後，小海回眸一看，那眼神裡發著光芒，和他們第一次見面時不同，而且很像他第一次看見Matt時的樣子。那是屬於創作者才有的目光。

「完成了，對嗎？」

「是的。不過Reese，你感冒了？」

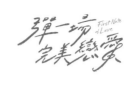

「只是過敏，不用在意。」

Reese戴上耳機，特地走到落地窗邊才按下播放。他俯瞰著早上的港口，雖然不如夜景好，但看著船隻有的準備出海、有的剛剛進港的工作日常，這樣的風景讓他更能放鬆下來，專心聆聽音樂。

明明天氣很好，陽光雖不如夏天時耀眼，但光源充足，怎知歌曲一進入前奏，隨著主歌、副歌的推進，他眼前彷彿下起了一場雨。那並不是一場會令人悲傷絕望的大雨，而是夏日裡的沁涼雨滴，打在濕黏的肌膚上，像極了戀人的密吻，一個又一個吻遍全身，有那麼一瞬，畫面成了Orca在親吻他。他的呼吸急促起來，而跟隨著歌曲進入到bridge，他的左心室愈來愈窒息，接著在第三段副歌時解放。他能感受到滿滿的愛意化成了音符，在他身邊時而圍繞，時而親近，直到歌曲已經播放完畢，他還久久無法回神。

「Reese？」小海很忐忑，時間早就超過歌曲的分鐘數了，但Reese卻動也不動地繼續背對著他，也不知是在想怎麼拒絕，還是太喜歡了才沒轉頭。

Reese整理表情，好在戴著口罩，才不會讓他感到灼熱的臉被人瞧見。他深吸氣後回頭，「很好，我很喜歡。」

「眞的？」

「嗯，眞的非常好。」

小海在這一刻眞的很激動，哪怕表現出來的樣子只是普通開心，其實心底高興得想要手舞足蹈。

踏出辦公室後，小莓比誰都還緊張，她趕緊抓著小海問道：「過了嗎？」

「過了。」

「小海，眞是辛苦你了！」小莓喜出望外，她由衷地替他開心。

一直以來小莓對於小海的態度總是不冷不熱，從來不會閒聊攀談，他很驚訝小莓今天的反常。

「謝謝。」

小莓收到道謝後尷尬地低下頭，直到小海走遠了，這才打開某個網頁，啪搭啪搭地在上面打了一大串文字。

對比小海的音樂終於通過的開心，身爲小海的指點導師的Orca則是一點都開心不起來，要不是他的眼線小莓通知他Reese感冒了，甚至還拖著病體跑去Nice Music Bar看場地，讓他衝去酒吧逮人，這個Reese可能看完場地還想要回公司工作！

「坐好！」Orca難得口氣不好，他在貼退熱貼時故意用力地拍了Reese的額頭。

「不用這樣，我又不是小孩子。」Reese用中文耍著性子。

「你幾天沒睡了？」Orca用泰文問，順手摘下了Reese的眼鏡。

「不確定。」

「你太誇張了。」

「我等這天等了六年，願望好不容易就要實現，我怎麼可能在這種節骨眼上休息？」

兩人這樣一人說中文、一人說泰文的溝通方式愈來愈自然，若是有旁人在，一定聽得一個頭兩個大。

「你不需要爲別人付出成這樣。」

「Neil不是別人。」

「你眞的對他太好了……」Orca轉過身，打算要去倒水給他吃藥。

冷不防地，Reese轉成了泰文，「我對你也一樣。」眼見Orca反應過激地轉頭，他又用中文說：「Matt、Neil和你，你們都把我當成家人。」

他疲累地閉上眼，繼續說：「以前我覺得，如果有天老了，可以孤獨地死去也沒關係，但認識你們之後，我捨不得死了。是你們讓我有了義無反顧付出的勇氣。」說罷，他睜開眼，見Orca的眼眶紅紅的，緊抿著唇，似在忍耐。

「只是沒想到Matt先走了。」Reese苦笑，「我曾經幻想過很多次，我要回到Matt過世的那天早上去變更行程，甚至取消演唱會，用任何手段都要讓Matt活下來。」

Orca走回沙發旁，輕輕握著Reese的手，不打斷他，靜靜地傾聽著他想說的任何一切，哪怕他用的是中文，Orca也盡力地在理解他說的每一個字。

「但是，當我看到現在的Neil，他遇見小海之後不但變得開心，還成長了那麼多，這樣的成長我想連Matt一定都想像不到，他變得讓我好驕傲。所以，我捨不得改變過去了，我會讓歷史照原本那樣走，經歷Matt離開，然後等待著Neil在六年後的今天，變得耀眼。他沒有失去哥哥，他還有我這個哥哥，他不會是一個人。」

Orca心疼地擦掉Reese臉上的眼淚，Orca的手在他發燙的臉頰上變得冰涼細緻，溫度一下子就和他臉頰的熱度融爲一體。Orca繼續輕撫Reese的臉，用泰文說道：「我不是爲了你才想辦完那場演唱會，我是爲了自己。你的快樂才是我的快樂，我希望你可以好好放下，所以，我們一起完成演唱會吧。」

兩人對視了很久很久，久到像要把這幾年從沒好好看過對方的份，全都看完似的。

「我們在一起，好嗎？」Orca打破沉默，他緊張地握著Reese的手，並等著對方在下一秒又把自己推開。一如既往地推開。

Reese用中文說：「我很感謝你幫我談到了音樂祭的舞台，更推動了我很多很多，我是以理智在判斷這件事的，絕對不是因爲感冒發燒腦袋燒壞了，或是一時衝動。」

「怎麼突然說這個？」

「你是全世界對我最好的人。」

「對啊，所以你要和我在一起嗎？」

Reese坐起身，認眞地看著Orca的眼睛，並緩緩用泰文告白：「我也很喜歡你。」他拉著Orca的手臂，在上頭用手指描繪出當年他留下的那個醜Q版Orca，接著控制不住地緊緊將Orca擁入懷。

Orca從Reese告白的那一刻就石化了。他愣愣地看著Reese行雲流水地做出這一切，等到反應過來時，自己已經被緊緊地抱在這人懷裡。關於Reese的氣味正包覆著他，關於Reese灼燙的體溫，也正在融化著冰冷的自己。

Orca拉下他的口罩，輕輕覆蓋在那雙炙熱的唇上，不顧Reese一瞬間怕傳染給他的猶豫。他緊抓著Reese的衣領，一腳跪坐在沙發上，將Reese輕輕推回沙發上躺著。他們的吻比任何幻想過的樣子都還溫柔。Orca覺得太過珍貴，所以即使想要狂熱，卻更想珍惜。他把Reese的嘴唇當成了棉花糖，舔拭、嚙咬、吸吮，他多希望這像夢一般的時刻永遠都不要醒，永遠讓他墜落在這樣的美夢裡。

Reese被吻到身體變得更燙了，目光也變得矇矓。他將手伸進Orca的髮間，不給他逃跑的空間，也不給他繼續在唇上戲耍的時間。Reese加深了吻，一口一口吸吮，將過去壓抑的情感全釋放在熱吻裡。

「停住。」Orca喘著氣，從Reese的吻中像溺水似地掙扎出來，用英文說道：「你累了那麼多天，又發燒了，不能再繼續。」

Reese將他的頭壓到胸膛，在他耳邊用泰文低語：「你是不是太小看我的體力了？」

短短一句話，讓情慾的氣氛再也無法煞車，縱橫情場的Orca，也在這一刻羞紅了臉，還來不及反應。本該發著燒的男人，竟然力氣大到可以把Orca公主抱，一路抱回房間。帶上門的瞬間，Orca也決定和這個人一起，什麼都不管不顧了。

♬

下午的酒吧雖然大部分的燈都是關的，但因爲兩個人在吧台打電腦，兩雙手各自在自己的螢幕世界穿梭，啪搭啪搭的按鍵聲此起彼落，顯得一點都不安靜。

亭菲稍稍停下來喝口水，她歪著頭比對各大社群的留言後，發現小海似乎出現了一個超級鐵粉。一個名爲Jellyencore的帳號，勤勞不懈地在ＩＧ、抖音、粉專、ＹＴ等地方的每個影片下方，都留有超長的應援留言。

超級鐵粉是好事，這就代表了屬於小海的應援團會慢慢凝聚起來，成爲小海的一股隱形力量，也能讓心思纖細的小海感受到被支持的感覺。

亭菲盯著數據愈看愈滿意，目光不經意地飄向旁邊的螢幕，但僅僅只看了一眼，就不滿意了。

「你在幹嘛？」

阿良被這聲音一喊，寒毛立刻豎起，「嗯？沒幹嘛啊。」他立刻切換網頁，但亭菲的手只在觸控板上五指一縮放，立刻切換回原本的頁面。頁面顯示的是音樂器材的購物介面，右上角的購物車點進去，已經有放了好幾個商品，有新的音箱、喇叭、麥克風和電子琴等等。

阿良擦了擦冷汗，試圖活下來地說：「我這不就是爲了小海的封測嘛，妳看上次還有人抱怨麥克風會破音，然後喇叭也因爲用得時間久了都、都舊了嘛。」

「喇叭和耳機一樣，經過煲機效果後，使用的時間愈長會愈好聽。破音問題上次檢查確認是麥克風出狀況，買麥克風就好了，至於音箱跟喇叭是同一個道理不用買。電子琴的話，小海一定會帶自己習慣的，你買那麼多幹嘛？」亭菲雖然是用平穩的語氣在描述，但眼神已經快要殺死阿良了。

「是，女朋友大人，我知道錯了，買麥克風就好。」

「麥克風可以買，還有稍早前 Reese 不是說了嗎，這裡的設備已經很足夠了。」

阿良就算大亭菲好幾歲，但在理財方面實在欠缺資質，遇到了錙銖必較且懂得風險評估的亭菲，他根本無法反駁。

亭菲雖然強勢，但也注意到阿良那幼稚的小脾氣有點不甘心，於是指著購物車裡的電子琴架說：「這個琴架設計感很好，和酒吧很搭，你的品味很好可不能浪費了。」

「所以可以買？」

「可以啊。」

阿良重新展露笑容，「餓了嗎？要不要吃飯？」

亭菲闔上筆電，「聽說今天的夕陽很美，我們去看夕陽然後吃三明治吧，我有做。」

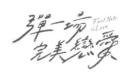

她從包包拿出餐盒，裡頭是她第一次爲他手作的三明治。

阿良笑得嘴巴都要裂開了，說要去拿飲料還不小心撞上桌子，惹得亭菲不禁燦笑。

與此同時，社群上Jellyencore的留言又新增了幾條，電腦發出了不少的通知聲。

小海當然知道這個帳號，這個人從他個人的頻道就在了，現在有了這麼多社群，更是頻繁地追蹤，而且每次應援的內容都不馬虎，會很認眞地評論表現或是花絮的亮點，然後再好好地誇獎一番。他一向喜歡這種明確講出哪裡好的評論，讓人感覺不敷衍。

他關上手機，看向練團室裡的日曆。日曆上被Reese畫上了一個又一個叉叉，就在今天早上，Reese將明天的封測日上畫了一個迷你尖叫雞，模樣逗趣可愛，讓有時顯得枯燥疲憊的練團時光，多了一點舒壓風景。

他和Neil兩人自從歌曲完成後，並沒有分心膩在感情的世界，當然Neil常常會想要放肆，但往往都被他瞪了一眼制止，趕緊找回專業態度。

兩人的練習時數相當長，對於作品都有同樣的完美主義，因此在編曲上他們又改了幾次，混音也混了好幾個版本給Reese選。甚至兩人配唱的分配上也一改再改，Neil總是希望小海唱更多，而小海則希望Neil能給大家聽到更多歌聲。

一不小心又要吵起來時，兩人就會暫時分開各自練習，並在約好的中午十二點或是凌晨十二點準點時，給彼此傳一個貼圖，表示和好。吵架永遠不超過十二小時，他們把這個稱作「祕密時光」。

終於剩下最後一天了，練團結束，小海自然地和Neil一起回家，因爲Neil家不但離唱片公司比較近，設備比較多，連隔音間都有，他們如果突然想到什麼新點子也可以馬上練習，不用怕吵到別人。

他們將Magnet的成名曲〈仰〉重新編曲，並經過Orca授權，也重編了一首Orca的組曲。

「我覺得Reese眞的好厲害，他不僅僅是一個厲害的經紀人，對音樂的直覺性也很有說服力，像我就想不到這樣排歌曲順序比較好，他……」小海在電梯裡說著說著，覺得旁邊的人愈來愈不開心，只好乖乖閉嘴。

怎知Neil一進門，就把小海扣在門上，「我不喜歡你誇別的男人。」

「他是Reese耶。」

「也不行，除了我以外，都不行。」

Neil的臉蹭著小海的臉，像個吃醋討抱抱的大型犬，小海感到一陣痲癢，對於這樣熱情的Neil招架不住，忍不住輕笑起來。自從小海和Neil在一起後，笑聲變得很多很多，多到不可思議，小海才知道真正的快樂是有聲音的。

「怎麼了？」Neil立刻察覺懷中人的異樣。

「沒事。」

「說。」他捏著小海的下巴，不容許他逃避。

「就……我其實，很希望我爸媽來看，但他們不可能來的。」

「這有什麼困難？」

「咦？」

「亭菲一定會錄影，請她拍完直接傳到你爸媽的LINE，強迫消費不就得了。」

小海愣愣地看著這個說得理所當然的男人，又笑了，「Neil，你是天才。」

「我不喜歡當天才。」

「那你喜歡當什麼？巨星？」

「我喜歡當讓你……的人。」Neil說完，用渴望的眼神看向小海。

小海紅了臉，哪怕他們早就已經做過好幾次了，但他其實還是很不習慣，不習慣那種每次極盡失控的虛脫感。

他感到燥熱，想要從Neil的手裡逃走，卻依然被死死地困在門上。

「不准躲。」Neil的眼珠變得像盯上獵物的野獸，恣意地在自己的領地上撒野。他喜歡親吻小海的耳朵，每次只要親咬，小海都會發出壓抑又羞澀的聲音。

「不要耳朵……」

他無視小海的哀求，在小海的耳朵敏感帶又舔又吹氣，直到他全身顫抖地環抱住自己，他才滿意地讓吻沿著脖子慢慢往下。他脫掉小海的上衣，左手繼續扣著小海的雙手，親吻小海的頸子，在頸窩又留下深深的印記這才滿意。

「明天就是封測日了……」

「沒事，我體力很好，而且你的體力也是。」Neil拉著被脫到半裸的小海，像個惡魔般牽著小海到沙發，繼續還沒做完的事。

Neil誘惑地故意用手不經意地滑過小海腫脹的下方，挑逗地故意不握住，小海似乎被惹得惱了，竟然反將Neil壓在身下，主動對他的領地進攻。

Neil驚訝地看著小海生澀地慢慢往下移動，有點緊張。小海解開他的褲頭，雙手握上了那個禁忌般的龐然大物，小舌在上頭舔了一口，酥麻的感覺立刻竄流！

「唔！」

小海很驚訝只是輕輕舔了一下，Neil就那麼有反應，報復心加好奇心的驅使下，這次他輕輕含住，小小地在上面輕咬、吸吮。

「小海，我們還是爲了明天保留體力吧。」

「嗯？爲什麼？你平常明明也是這樣對待我的。」

「不、那不一樣！啊……」小海不等Neil把話說完，再次輕輕含住，並加快速度。

「我投降……」平常在這方面總是戲弄人的一方居然投降了，小海忍住竊喜，重新壓回Neil身上，滿意地看著一下下就舉手投降的人。

「看來我找到欺負你的方法了。」

「這是只有你才有用的方法……」Neil用手遮住半張臉，要不是小海突然這麼主動又生澀，他怎麼可能因爲這樣就忍不住。

「所以你經驗很多？」小海冷下臉。

「不是、不是這樣的，是……」

「我要去洗澡了，你不准一起。」小海說生氣就生氣，Neil趕緊跟上前安撫，好聲好氣地邊洗澡邊幫小海按摩肩膀才讓他消氣。

兩人一起躺到床上時，精神和身體都感到疲累，小海看著Neil腰間的傷疤，忍不住湊上去親了一口。

「怎麼了?」Neil在睡意迷濛中翻過身，摸了摸他的臉。

「這是什麼時候受的傷?」

「車禍。」他緩緩睜眼，眼神流露出悲傷。

「很痛吧。」

他抓起小海的手，親了一口，「都好了。」

小海鑽進Neil的懷抱中。是啊，都好了。因爲有了彼此，這些傷都找到能夠癒合的藥了。

曲目12　彈一場完美戀愛

平時西子灣附近的酒吧、熱炒店，本來就會在落日之後相當熱鬧，但今天的盛況卻非同小可。比起今日的海浪如搖籃般平穩，聚集在酒吧外頭的人浪卻相當洶湧。

由於Nice Music Bar的酒吧最多只能容納五十餘人，販售的門票一分鐘內就被秒殺。買不到票的人只好聚集在酒吧外，想著在外頭可以邊看直播，邊聽一點裡面的現場演出。

這當然也造福了附近兩家的熱炒店，就連觀夕區也站滿了人群，大家都想再次一窺在駁二市集短暫登台的Neil又會有怎樣的演出。

「我今天是爲小海來的喔。」

「我也是小海粉絲，不覺得他很可愛嗎？」

「我覺得是帥耶，他有當年Neil的青澀感，但本身散發一種沉靜的帥。」

「我懂、我懂，就像夏日午後吃著冰的男孩？」

「那是什麼言情小說的形容啦！」

「妳們都不夠專情啦！像我從八年前就只支持Neil到現在，當然是Neil最棒！」

「其實我以前是Matt派的……」

「希望他今天在天上也能一起來看。」

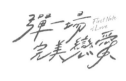

排隊人潮熙熙攘攘，大家爭相討論支持著自己喜歡的偶像，並為自己今天能進場感到榮幸。

酒吧的牆上貼滿了今日封測的海報，Neil和小海的合照總讓人愈看愈有默契。和當初Neil和Matt兄弟的合照氛圍不同，Neil和小海看似沒有對望的眼神，但眼角的餘光都飄向了彼此，哪怕大多數的人看不出來這點，只覺得照片拍得很耐看、很合適。

開演倒數十分鐘，觀眾魚貫入座後已滿場。阿良為了今天的演出，準備了有酒精和無酒精特調，只希望讓每個人今天不只在聽覺、視覺上滿足，連味覺都能喝出搖滾感，所以準備的兩款飲品兼具氣泡感和網美喜歡的漸層糖果色澤，還沒開演，就已經讓一堆觀眾拍照分享限動。

Reese在後台的控台處把控時間，亭菲則準備好直播後便擔任起主持人。

Neil已經完妝，卻還待在休息室裡，反覆整理自己的呼吸。

倏地，一雙微涼的手覆蓋在他的耳朵上，他不需要回頭確認，就知道這雙手是誰。

「還好嗎？」

「嗯，我沒事。」

小海拿出那條PICK項鍊，重新替Neil戴上，「謝謝你當初把這麼重要的東西借我，現在我把它還給你。」

小海接著輕靠Neil的額頭，和Neil完成了本來是跟Matt進行的儀式，說道：「用最完整的Neil回歸吧。」

「那還用說！」Neil揹起電吉他，露出自信的笑容。小海微怔，恍惚間他好似看到當年的那個青年，也是露出這般毫無顧忌的笑容。

此時，外頭的主持聲音已經傳到後台，兩人望向彼此，知道無論是Neil，還是小海，他們都準備好要面對這場舞台了。

「讓大家久等了！相信大家等待這天，已經等待了非常多年！現在，我們的願望終於成眞，Neil將在今天回歸舞台！讓我們歡迎Neil&Sea！」

Neil和小海自信登台，Neil不疾不徐地向大家打招呼，「大家好，我是Neil，**讓大家久等了**。」最後這句話讓許多人的眼眶都紛紛紅了，還沒開始唱歌，氣氛就有點感傷。

「大家好，我是Sea！」

此時，阿良在台下拿著裝了燈泡的應援板，誇張地歡呼！小海更注意到不只阿良，此時還有不少應援板也寫上了「Sea」，這讓他擔心被噓的心情褪去大半，再加上還有Neil，他還有什麼好怕的？

「今天我們要帶來的第一首歌，是Sea爲我量身打造的新歌！〈We're Just Dancing In The Rain〉！」

Neil對著小海一笑，轉身面向觀眾，輕輕撥下第一個和弦，開啓今夜的序幕。

歌曲從前奏一進入第一段演唱後，所有人都豎耳仔細聆聽。這首歌的歌詞完全爲Neil量身打造，讓大家聽得入迷又感傷，進入副歌隨著雨滴而逐漸變得明亮的曲風，讓人逐漸從絕望中找到力量。大家跟著節奏緩緩擺動，沐浴在這場只下在Nice Music Bar的一場細雨裡。

曾經仰望的星星還以爲就此再也看不見，而六年後的今天，那顆星星依舊閃耀，甚至比之前更加耀眼地在唱歌，唱進了每個人的心裡，也同時唱進了Neil自己的回憶裡。

Neil邊彈邊唱，不禁閉上了眼。

一瞬間，他彷彿回到了最讓他恐懼的那一天。他坐在那台保母車裡，身邊有哥哥，路途是演唱會地點。

「他們說第一套衣服必須臨時換，這麼突然來得及嗎？那等等我先試裝，然後再換你試？」

「怎麼都不回答？」Matt又問。

他望著Neil，表情疑惑，隨著光影流轉，看著Neil的目光，逐漸從疑惑轉爲柔和。

「怎麼哭了？是因爲要上台，所以緊張了嗎？有我在啊。」

Neil擦掉眼淚，「哥，我好想你。」

Matt不再說話，眼神露出了欣慰，眼眶一瞬間彷彿也跟著泛紅。

「我每天都好想你，沒有一天不想你，沒有了你，我不知道該怎麼繼續。」

Matt依舊保持沉默，只是靜靜地看著哭哭啼啼的弟弟，表情保持著祥和。

「但現在，我要跟你說再見了。有一個人讓我知道，自己是想繼續唱歌的，是熱愛音樂的；他更讓我知道，還有很多人對我有期望。我會勇敢地往前走，連同你的份一起活下去，替你去看這個世界更多美好的事情。」

始終保持平靜的Matt，終於從眼眶泛紅轉爲哭泣，他哽咽開口：「再見，我最愛的弟弟，Neil。」

他拉著Neil靠近，最後一次兩人頭靠著額頭。一如從前，哪怕此後再不相見。

這一瞬間，Neil似乎終於明白了，明白Matt堅持要走上出道這條路的原因。也許他從來就不是爲了自己，而是爲了Neil。兄弟倆其中有一個人的夢想破滅已經很糟了，所以Matt才會想讓喜歡上音樂的Neil，能夠擁有一個夢想。

——難怪，你說演唱會結束後才要告訴我。

——因為你一定已經知道了，如果我知道你是為了我，我可能會賭氣不成團、不出道了。

在Neil明白的瞬間，一道黑影朝他們襲來，轉瞬的撞擊力，把他們兩人都撞散。在定格的那一秒間，Neil看見飛出去的哥哥是笑著的，是溫柔地笑著的，好似在告訴他：

「往前走吧，別怕，我一樣會在。」

Neil睜開眼，就算早已淚流滿面，也沒讓哽咽影響歌聲。此時小海的和聲進來，更讓Neil知道，此刻不是只有他在獨自面對告別、面對重生。

台下的歌迷也跟著哭成一團，每個人都拿出手機開啓手電筒，象徵著這天空無數的星星，也象徵著那顆來不及回到這個舞台的流星。

一首既浪漫又帶了點傷感的慢情歌結束，Neil轉頭看向他的定心丸小海，擦乾眼淚笑了笑。他踩下效果器，曲風一轉變成Orca的快歌組曲，將氣氛從悲傷轉熱，哪怕他的眼角依舊帶淚，哪怕心中的疼痛還有痛覺，他都知道，自己不但能往前走，也能獨自面對舞台了。

「不好意思，很久沒看見幾萬人的現場，太感動了！我可沒瘋喔，直播上的大家，你們好！這樣加起來就有幾萬人了吧！」

Neil逗趣地緩和大家又哭又笑的情緒，接著說道：「謝謝大家來看表演，但這場演出可不只我一人，還有我最重要的夥伴，Sea、Orca、Reese！沒有他們，就沒有今天的我，Orca、Reese！請上台！」

Orca拉著完全沒有事先知情的Reese上台，他靠著Reese的背，手指高速地彈奏貝斯，和小海、Neil默契地唱著一連串的組曲。原本Reese還有點忐忑，但很快就因爲氛圍融入；對於Orca的歌，他不需要彩排就瞭若指掌，所以隨時可以配合唱上兩句，就算唱得走音，也沒人在意，觀眾都很爲他們的默契和歡樂買單！

四人組曲唱完簡直感到不夠盡興，直接加碼繼續唱Magnet的名曲，他們完全忘了要控時，安可共演了好幾首歌，最後才在意猶未盡的氣氛中結束表演。

四人在台上接受歡呼，此時的他們已經不在乎這是不是封測，而是盡情地享受在音樂帶來的歡樂餘韻中。

台下的小莓早就沒了形象，她瘋狂地舉著應援板大喊：「Sea！安可！Neil！安可！」

「看到Neil對Sea露出的笑容了嗎？我快融化了！」

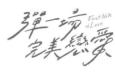

「我也是！」

「瘋了啊！好想也在現場啊！」

「只能看直播根本不夠啊！」

直播間的留言已經爆炸到用飆的速度在增加，各大媒體的新聞稿一篇接著一篇爭相出爐。這些歌聲不只傳達到了好幾萬人的心裡，也傳到了海外，傳到了小海以爲傳不到的人的心中。

表演已經結束，但現場的粉絲仍然在澎湃的情緒裡，捨不得散去。Neil大方地接受簽名拍照，享受這得來不易的正式復出。

小海本想到吧台喝一杯，卻被幾個粉絲叫住，有的找他拍照，有的鼓勵他，也有的還送他禮物。他受寵若驚，本來有人做他的應援板，他就已經很開心了。

「謝謝、謝謝！」連忙道謝後，小莓這時也來到他面前。

「抱歉，是要撤場了嗎？」

「不是的。」小莓左看右看，確定沒人看向這裡，這才偷偷地拿出一張小海的照片和簽字筆。

「請幫我簽名好嗎？簽這裡，請署名小莓。」

「好啊。」小海以為小莓是為了鼓勵他才這麼做，爽快地簽名。

「Sea，是TO小莓Jellyencore。」

「咦？」小海愣了愣，重新在照片上補上Jellyencore後，這才確定自己沒有認錯。

「小莓，原來那個人是妳！我沒有想到會是妳！」

「當初是我大力向Reese推薦你的，千萬不能讓他知道喔，因為Reese最忌諱做音樂的人有私心！」小莓眨眨眼，為了怕被抓到，趕緊邊手比愛心邊跑走。

「我會是你永遠的頭號粉絲！」即使已經沒入人群，小莓的加油聲仍然清楚地傳來，小海欣慰地笑了。

最後整個散場又延續了半個多小時才結束，Reese和Orca為了避開人群，各自拿著一瓶酒暫時躲到酒吧後門的巷弄內。

安靜的巷弄和裡面喧囂的氣氛完全不同，Reese一時被炒熱的心緒，終於稍稍冷靜下來。

「恭喜，很成功！」Orca用泰文道賀。

Reese用酒瓶敲了Orca的酒瓶一下，啜飲一口又沉默半晌才道：「我想，我們都不需要了。」

Orca聽出這句話的意思，他了解他，知道他指什麼，於是也回敲了他的酒瓶一下。

「你下一張專輯什麼時候開始籌備？」Reese用中文問。

「下個月。」中泰文的對答，似乎成爲他倆練習聽力的常態。

「那就是十二、一、二月，啊，還要加上宣發。」

「你在算什麼啊？」

「時程啊，我不是你的經紀人嗎？我在計算這趟飛去曼谷至少要待三個月，因爲還想順便認識一下曼谷其他的音樂人。對了，我前陣子看到有個泰國ＩＰ改編在收歌，我再看看和你的風格搭不搭，這樣的話，可能要待到四個月左右。」Reese說得太過理所當然，以至於Orca發愣的表情讓Reese誤以爲自己說的中文太難懂。

「我是說……」他本來要改用英文解釋，Orca卻在下一秒立刻親了他的臉頰一口。

「不許反悔。」Orca特地用中文說道。

「當然。不過時間很趕，我有點緊張怕趕不出來，明天我就會製作時程表。」

「那還有呢？」Orca彆扭地用泰文問道。

「什麼？」

Orca有點委屈，覺得Reese是明知故問，於是悶悶地說：「關於戀愛的事呢？」

「那個不是早就答應了嗎？我說了，我不是因爲發燒或是一時衝動，我是理性思考、分析利弊後，覺得我們交往也許是有一點機會……」

Orca不等他繼續碎唸，直接抱住他，「所以你眞的是我的了！」

Reese抿唇一笑。他沒說的是，他當然早就是Orca的，只是自己一直跨不出那一步而已。從上次他決定豁出去後，他覺得很快樂，雖然還是不放心Neil，但Neil已經有人陪，而他也可以開始試著去追尋自己想要的幸福。

亭菲突然推開後門，嚇了兩人一跳，「你們快進來，人都散了，可以開慶功宴了！」

Orca一聽，迫不及待牽起Reese的手，大大方方地走進去。他就是想讓全世界都知道，Reese是他的人了！終於是他的人了！

Neil是第一個注意到他們牽手的，他僅僅拍了拍Reese的肩膀，比了個讚，接著就跑去找小海喝酒了。

眾人舉杯同慶，這場慶功宴簡直堪比開了一場大型演唱會般熱鬧。

此時，陳姊也打電話給Reese道喜，「有個好消息要跟你們說，封測直播受到很多迴響，股東們一致同意續約Neil，投資人們也願意繼續投資，決定替Neil辦一場萬人復出演唱會！」

Reese是開擴音讓大家聽的，他環視眾人一圈，而大家的想法早已不言而喻，「陳姊，我們一家人已經完成那場演唱會了，不需要再辦復出演唱會。」語畢，他切斷了通話，大家再次舉杯！

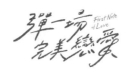

突然，小海的手機來了一通不該在這時出現的電話，他看著來電顯示，猶豫了幾秒後，才緩緩走出店外接聽。

「喂，媽。」

「小海。」

「嗯。」

「你爸傳訊息說，他看到直播了。」

「嗯。」

「他說，他不會再反對你，叫你不要再封鎖他了。」沒有什麼「以你為榮」、「喜歡你的音樂」那樣煽情的台詞，這番來自父親的傳話，更是讓小海驚訝。

「眞的？」

「眞的。我不能跟你聊太久，等等要和我老公去吃晚餐，我們這裡現在快傍晚了。你有什麼話想跟你爸說，自己傳給他。」

「好。」

「有空，去看看你爸。」

「好。」

「還有，媽支持你。」

結束短暫的通話，小海依然覺得自己在做夢。他曾幻想過無數次和父母的和解，有可能會像肥皂劇那樣熱淚盈眶地擁抱彼此，有可能會突然彼此暢聊整晚訴說心事，但像這樣簡短平靜，反而才更真實。

「小海，能不能再跟一位媽媽說話？」Neil站在小海背後，晃動著手中的手機。

「啊？」

「我媽一直傳訊息過來，說想跟你認識。」

Neil順手牽著小海，並摸摸他的頭，「你剛剛很棒，你的音樂終於打動你的家人了。」

「是你唱得好才打動的。」

「是我們都很棒才做到的。」

兩人停止互誇，相視一笑，「好啊，我想和你媽媽說話。」

Neil媽媽雖然人在海外無法到場，但不管是後援會全部的社群媒體，還是直播，她都沒有錯過。

「小海？你就是小海對嗎？」視訊一接通，一名黑髮的婦人立刻激動地說道，她除了年紀稍長之外，長得和Neil有八成那麼像，讓小海很是新奇。

「伯母，您好。」

「好有禮貌喔，那首歌也好好聽，你怎麼那麼會寫。」

「沒有啦，是我和Neil一起完成的。」小海靦腆地說道。

「Neil！你千萬不可以欺負小海喔。」

「媽……妳在說什麼啦。」Neil難得害羞。

Neil媽瞇眼笑了，「你可是我兒子耶，就算我們沒有住在一起，你有幾根毛我會不知道？看直播就看穿你們兩個了！」

這下子，不只Neil，連小海都害羞了。

「知道啦！媽，改天聊。」

「喂……」

小海一看Neil竟然直接切斷，立刻皺眉，「Neil，不可以對長輩這麼沒禮貌！怎麼可以掛電話。」

「是，我知道錯了。」Neil乖巧地鞠躬道歉，然後又把小海抓回懷裡抱緊一番。他怎麼覺得連自己被罵都好幸福，甚至覺得小海好可愛。

兩人重新進入酒吧，裡頭已經喝到有幾分微醺了，尤其是Reese，平時不開喝的人一喝起來，簡直誰都攔不住，此刻正在和阿良拚酒，一杯接著一杯。

「Orca，謝謝你。」小海說道。

「謝什麼?」

「所有事。」

「我知道你要拒絕我當樂手的事。」

小海面露微笑，並看向也加入拚酒行列的Neil。

「我們都做自己喜歡的事就好，然後……愛自己想愛的人。」

「嗯，有機會再一次玩音樂，今天我很開心。」

Orca也笑了，「是啊，音樂總是讓彼此沒有隔閡，我也很開心!」

深夜，Neil早醉倒在小海的床上呼呼大睡，唯獨小海覺得心情還在舞台上似的，有點微熱，也有點感傷。

他打開手機儲存的網頁，裡頭全是關於Matt過世的新聞、演唱會取消等內容，他將那些新聞全都刪除，並搜尋了一條關於今天的新聞儲存起來。

他將電子琴上的防塵布掀開，這陣子他不是在練團室，就是在Neil家，沒想到才幾天時間，防塵布上已沾滿灰塵。

他瞥了一眼睡得香甜的Neil，此時此刻，他有一些心情想寫進歌裡，有一些話想化作旋律、音符，那是比日記還要私密的音樂，記錄著他經常在內心裡波濤洶湧的一切。

他閉上眼，跟隨著感覺慢慢彈奏，而他眼前彷彿也出現了那個十四歲的自己，揹著書包、揹著超越那個年紀該背負的壓力，含著眼淚連哭都不敢放聲地哭，只能咬著嘴唇，委屈又孤獨地看著此刻的自己。

小海繼續彈奏，當音符一個又一個流洩，十四歲的自己似乎聽見了。他的眼淚慢慢消失，臉上的委屈也慢慢褪去，他在用音樂告訴過去的自己：「不要哭，長大以後，還有很多很棒的人事物在等你，一切都會好的，一定會好的。」

他緩緩睜開眼，手指仍然沒有停下，但他覺得好像眞的安慰了過去的自己。他的眼睛濕濕的，但這次和十四歲的自己不一樣，這次他是因爲高興才哭，因爲太幸福了，所以才哭。

當日出逐漸升起，這首歌也完成了，他在電腦內替這首歌新歌輸入檔名，並幸福地鑽進被窩，鑽進Neil溫暖的懷裡。

♬

封測演出半個月後，小海其實比Neil還要忙碌，他忙著拯救自己的學業，畢竟他還是不希望浪費錢，害自己被當掉。

還好他有神隊友亭菲，大部分的報告都是亭菲完成，她流利地介紹著「Neil&Sea」的社群經營成果，小海則是適時地加入補充。報告結束後，兩人的表情都很忐忑，不知道會得到教授什麼樣的評價。

「你們挑選這個題目的理由是什麼？你們是粉絲？」

「教授，我是粉絲，但團體中的Sea就是小海本人！」

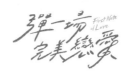

同學們早就按耐不住，在這一刻才敢大聲歡呼！

教授始終面無表情，以眼神示意安靜後才道：「報告得不錯。」接著像是想起什麼似地補充：「對了，你的頻道很久沒更新了，Sea。」

小海嚇了一跳，和亭菲兩人又驚又喜。他們萬萬沒想到教授也追蹤過他個人的頻道。

「學姊，這次多虧妳了。」

「等我畢業，你自己要努力啊，別被當了。」

「是！」

「雖然身爲粉絲，我也想快點聽到你的新歌，但是我更希望你完成現階段該完成的事，再好好唱歌，不要讓自己有任何的後悔。」亭菲拍拍小海的肩，「最重要的是，無論發生什麼事，就找我。雖然我不一定能幫你解決，但一定能陪你。」

明明還沒有到畢業季，但亭菲這番話已經讓小海開始捨不得了，他緊緊抱住亭菲，「我會的！」

「對了，你今天不用去找Neil嗎？這個時候他不是已經在校門口等你了？」亭菲打趣地問。

「他……他今天去Echo Music談事情了。」

「那就代表我可以拐你去逛街！」

「阿良不會找妳嗎？」

「他敢管我試試看。」亭菲驕傲一笑，殊不知她早在上一秒已經快速傳訊息報備完畢了。

另一邊，Reese正匆忙地趕下樓，總算在Echo Music一樓大門前追上Neil。

「Neil！」

「Reese，別勸我了，我確定我要跟Magnet告別了。」

「我知道。」Reese搖搖頭，勾著Neil的肩一起走出大樓，往街上走。「你剛剛對著股東們講『我唱歌不是爲了掌聲』那句，天啊！你沒看到他們的表情，簡直就要氣到中風了！」

Neil這才想到什麼，「對了，這會不會害到你啊？」

「我不怕，等你準備好，無論你在哪，我都一定會當你的經紀人！」

「哥，謝謝你爲我們做的一切。」Neil停下腳步，認眞地說：「我希望，接下來你能盡情做自己想做的事，和你愛的人過想要的生活，以後不要再擔心我了。」

「你……」

「我該長大了。」Neil抱住Reese，兩人的眼眶都發紅了。

「我希望你知道，你不只是一個很好的經紀人，也是我最好的哥哥。一直以來謝謝你。」Neil靠著他的肩膀，說出了最眞摯的告白，Reese雖然很想忍住，但還是流下眼淚。他雖然沒有當過父母，而此刻的心情，就像看著小孩突然長大、要獨立了，有一種開心又落寞的感覺。

他看著Neil背對著自己揮揮手走遠，於是擦了擦眼淚，本來想要傳訊息分享給Orca，對方卻心有靈犀地先傳訊息來。

「我的經紀人，這張專輯封面如何？」

他一點開看到的封面圖，竟然就是當年他畫在Orca手臂上的圖，一模一樣，分毫不差。他破涕爲笑。

「是難看到哭，還是好看到哭？」Orca又傳了一條訊息來，Reese敏銳地抬頭尋找，果然看到Orca在馬路對面，對他揮揮手。

「別動，我過去。」他迅速用英文打了這句給Orca。一直以來，都是Orca拚了命地在走向他，不管他拒絕了多少次、不管他說了多少讓Orca傷心的話，Orca都沒想過要退縮。所以這一次，換他走向Orca了，一步一步，走向Orca的世界。

Orca感受到Reese的用意，本來還面帶微笑的，眼睛慢慢紅起來。等不到Reese走過來，他已經先衝向Reese，兩人就這樣戲劇化地在斑馬線中間擁抱，並在秒數倒數時，手牽手衝向人行道。

他們的笑容，比高雄短暫寒流過後又變成暖冬的冬天，還要暖熱、還要燦爛。

♬

假日裡，Neil終於等到小海可以放假偷閒，兩人哪兒也不去，就待在小海那小小的套房裡，Neil玩著木吉他，小海正曬著衣服。

突然，Neil隨性地彈出一個旋律，這首歌吸引了小海的注意。

「你還記得這首歌？」小海不禁脫口。

「你聽過?!」

小海一看被抓包，吐舌地想要裝忙，卻被Neil一把拉到沙發上壓著，「不許逃，不

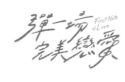

許說謊，不然讓你今天走不了路。」

「哪有人這樣的？我今天還要打掃家裡。」

「說實話就能沒事……應該。」

小海瞪著眼前的無賴，接著將手環上他的頸部，「我當然聽過，是你親口唱給我聽的。」

「什麼時候……」Neil看著底下的小海，一段深遠的回憶，若隱若現，「難道……我們以前遇過？」

「嗯，你那個時候對我說『如果全世界的人都只會讀書，那麼還有誰來唱歌』。」

「是你……那個小華和小美！」

小海瞬間覺得什麼重逢的浪漫感都沒了，他想要推開Neil，卻發現對方臉上露出狡黠的眼神，馬上分辨出Neil是故意鬧他的。

「你愈來愈壞了。」

「只會對你。」Neil親了小海一口，「沒想到那個少年是你，是你！」

「是我。」小海蹭了蹭他的鼻頭，「你起來，我有禮物要給你。」

一聽到有禮物，Neil可高興了，但小海有點緊張，替他戴上耳機，在這手機裡滑了又滑，遲遲不敢按下播放。

「小海，我愛你。謝謝你接受了我的不完美。」Neil握著他的手，笑道。

「你太狡猾了，那也是我要說的……」小海忍不住抗議，趕緊按下播放鍵。他希望自己的心意，Neil也能收到。小海希望Neil也能知道，不完美的人，不光是Neil而已，是Neil照亮了他的世界，是Neil讓他的不完美，可以慢慢變得愈來愈好。

Neil看著手機上顯示的檔名是「Neil」，光聽前奏就想哭了。

——狡猾的人，到底是誰啊。

寫了一首用他名字命名的情歌，眞正狡猾的人是小海才對。

他閉眼聆聽，這首小海親自詮釋的情歌很柔和，小海依偎著他，用一首三分半鐘的歌回應Neil：「我也愛你。」

美好的冬日午後，兩人聽歌聽到睡著，忘了關上的窗吹進一陣風。那陣風把小海的筆記本吹開了幾頁，上頭有著奇異筆和原子筆不同的字跡，寫著：

「你永遠都不知道，你的音樂總讓人置身在林間隙光的午後，溫暖燦爛。」

「可我更喜歡你為我寫下的一場雨，每次見雨如見你。」

番外·春來

高雄的冬天就像藕斷絲連的戀人，以為嚴冬終於過去，可以好好邁向春意漸濃的日子時，總是會來個回馬槍，讓氣溫在傍晚瞬間降低。白天熱到讓人昏頭的天氣，彷彿只是綠洲，而夜晚降臨帶來的冷空氣，讓人毫無防備地瑟瑟發抖。

「這都三月底了還會有寒流，什麼天氣啊！」

「看來真的要世界末日了。」

「不過不管變冷變熱，對於那位來說，好像都沒有影響。」

大學的女學生們一邊扣緊外套，一邊望向那個站在教學大樓外，身穿短袖白Ｔ和牛仔褲的男孩。他白皙的肌膚與此刻的低溫意外融合，大大的眼睛望著冷風將樹葉又吹落了幾片，身子卻連雞皮疙瘩都沒起，好似這些低溫都和他沒關係。

「小海學長，簡直就是冰山帥哥。」

「可是他表演的時候，笑起來很燦爛耶！」

「就是這樣的反差萌，才讓人欲罷不能啊！」

「真可惜，他今年就要畢業了。」

「唉……」

幾人閒聊歸閒聊，卻沒人敢上前關心小海會不會冷，需不需要圍巾或外套。天氣已

像勇者般地去找小海攀談，卻都被用「嗯」字解決，有時連回答都沒有，只是輕輕點頭。若要再追纏上去，就會被他的護花使者Neil阻擋在外。

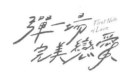

有檔次那麼高的護花使者，當然沒人敢接近這座冰山了。

小海看著冷風呼呼地吹，但其實他已經冷到連腳趾頭都沒知覺了。他猶豫了幾分鐘，想著要不要拜託Neil來接自己，想半天最後還是沒開口。

只是沒想到他一踏出校門，那個應該在閉關錄音的人，竟然拿著厚外套在等他。

「Neil……你怎麼來了？」

「我本來還在等你自己傳訊息找我求救，眞失望，你還是不依賴我。」Neil委屈地抱怨，快速地把外套替小海披上，並拉起他那已經凍到像冰塊的手。

「你在閉關錄音，我不想吵你。」

「我在閉關錄音，你爲了補滿二十一個學分，也每天都在圖書館念書，還不找機會讓我表現，你眞是太狠心了。」

小海失笑，「這怎麼會是狠心？」

Neil打開副駕的門，等小海一坐進去，他才俯身說道：「當然狠心，沒看到你，我就沒有能量。」

小海默默地看著Neil從車頭繞過，心想，自己也是啊。沒看到Neil，他也覺得自己沒有能量，只是他比較會忍耐，習慣了忍耐。

「送你回家後，我又要趕回錄音室了。」Neil無奈地說。

「好。」

「這麼乾脆？」

「Neil，我很期待你的這張個人EP，等你完成、等我畢業，我們還有很多時間可以相處啊。」

Neil很想鬧脾氣，但又覺得見面太珍貴，只好忍住。其實他有時很氣小海老是這麼老成，一點都不幼稚，一點也不會撒嬌，更學不會依賴。

「這個週末，可以陪我去一個地方嗎？」

「週末？星期幾？」

「星期六下午，我會去載你。」明明原本說的是疑問句，說著說著Neil把這件事變成了肯定句，不容拒絕。

小海沒轍，只是點點頭，「我傍晚前要回家，還要趕報告。」

「知道。」

Neil太無奈了，小海家又不夠遠，一下子就把人送回了家，哪怕全程他只開時速四十。他看著小海進家門，對方連一次頭都沒有回。

有時他都會覺得，會不會這段感情堅持到現在，只是他自己一廂情願，可是每次小海主動抱著他時，眼神裡毫無遮掩的洶湧，以及沒有保留的燦笑，都讓他覺得，小海和他的情感應該是一樣的。

他們很少吵架，交往兩年，他們只會在作品上有爭執。離開工作狀態時，大多都是小海讓著他，好似他才是那個年紀比較小的一方。

他沒有困在這樣的內耗太久，回到錄音室後，他繼續專心錄製EP。這次單曲他可謂花費很多心力，雖然沒有小海操刀作曲，卻是Orca寫的歌，和他以往的風格迥異，在配唱後與他的聲線非常合拍，是一首好歌。

好不容易，在Neil日日只在錄音室度過的日子下，終於來到約定好的日子。

下午兩點多，他開著車到小海家門口，看著小海難得穿了寬鬆的寬褲，連上衣都是絲質米白色的襯衫，這顯得小海看起來格外不一樣，少了點稚氣，多了點大人才有的神祕感。

「你今天……」Neil看著副駕的小海，很驚訝，「穿得很不同。」

「是亭菲，她現在廣告企劃公司工作，好像常常會拿到一些衣服，這是她特地挑給我的，不適合我嗎？」

「很適合！」Neil心情大好，「眞的很適合。」他說得意味深長，聽在小海耳裡卻愈聽愈像反話，反而不自在起來，覺得這一身衣服一定很不適合自己。

「我們要去哪？」小海注意到車子的方向是北上，而且還開上了縣道。

「不會很遠，你等等就知道了。」

「還好今天已經不冷了。」

「是啊，前兩天那樣突然冷一下，我還以爲又要變回冬天了。」

兩人開始閒聊，從錄音遇到的困難點，聊到小海報告上的瓶頸，雖然不常見面，但他們一定會讓彼此知道最近發生的事，這點是小海的堅持。

十幾分鐘的車程，他們在經過一個陸橋後，轉往旁邊的公園停車場。兩人下了車走一小段路，遇到一個通往橋上的樓梯，步步攀爬上去，小海也逐漸看到橋邊的風景，立刻猜到Neil就是爲了這個景色而來。

是花旗木啊。

粉色的花旗木，從這個高架橋的人行道上看下去，可以看到沿著鐵軌種滿了一整排，滿開的樹木遠看恍若櫻花般，充滿了春天的色澤。

此時恰巧有一列新自強號從順向開過，沒一會兒尾巴的車頭就逐漸沿著軌道遠去。

「居然只有我們。」小海意外地說：「正常今天是假日，這裡又這麼好拍，怎麼可能沒人。」

此時Neil已經拿著手機在等待列車經過，好拍下有花樹和列車的影像，「這算是我新發現的私房景，還沒有人知道吧。」

「你都在錄音，居然還能發現這個？」

Neil的笑容有點僵硬，轉開話題，「你知道花旗木的花語是什麼嗎？」

「勇敢、自由？我之前好像聽過。」小海歪著頭，他趴在欄杆上，卻沒有想要拿起手機拍的意思。

「錯！」Neil這下得意了，「但也不能說你錯，只不過花旗木在泰國有不一樣的意思。在印度神話中，傳說帝釋天的花園裡種了一棵能讓人心想事成的樹，那就是花旗木。尤其在花苞從白色轉爲粉色時，就代表了願望成真的意思。」

「這個傳說，很美。」小海露出了笑容，此刻看著粉色的花樹，顯得心情都不一樣了。

「是吧?啊!列車來了!」Neil趕緊拍下經過的列車,不過卻拍歪了,「唉!小海,你能幫我嗎?拍照還是你拍得最好。」

小海接過手機,看到Neil將好好的列車拍到一半都不見,也不知道是怎麼掌鏡的。他在欄杆上喬好角度,接著繼續等待下一個列車經過,就能按下錄影了。

「所以我帶你過來看這個,也是希望你今年能順利畢業。」

「也祝你新EP大賣。」

「不行,我想把我的願望也給你,讓你有雙倍的力量。」

小海笑了出來,「你那麼辛苦地錄製,我畢業這件事居然還比較重要?Neil,你眞的是……」

Neil跟著趴在一旁等待列車,他很喜歡現在這短短幾分鐘的靜謐,兩人什麼話也不說,就這麼看著粉色的花樹,不時地飄下花朵落在隧道上,以及看著遠遠駛來的區間列車,緩慢地朝高架橋這裡接近。

「來了。」小海聚精會神地看著手機螢幕,盯著列車車頭逐漸接近,直到長長的列車穿越路橋,一節又一節的車廂經過,完美地錄下花旗木和列車的影像。

「Reese和Orca要結婚了。」Neil趴在欄杆上，盡量用著平淡的語氣說。

「眞的？他們進展得好快！等等……所以你才會心情不好想來散心？」

「我像那麼幼稚的人嗎？」

「這還眞的不好說。」

Neil一把摟住小海，捏捏他的鼻子。「在泰國，花旗木是可以實現願望的吉祥樹。所以我才帶你來的。」

「你其實是想來祈禱Reese和Orca可以永遠幸福吧？」

「咳！那是順便，主要是你，我希望你能順利畢業。」

小海沒有戳破Neil的傲嬌僞裝，順著話題繼續說：「他們的婚禮是什麼時候？在哪裡舉辦？」

「預計在泰國舉辦，而且還選在你畢業之後。Orca說了，指名要你去他的婚禮演奏。」

「什麼？你是說……彈奏〈結婚進行曲〉嗎？」

「緊張了？」

「我、我怕搞砸……」

「有我在，不用緊張。」Neil有點不滿地說：「Orca可別想讓你單獨為他演奏！你是我的！我當然也要一起演出。」

小海看著Neil說得激動，但依照自己對Neil的理解，他讀出了這句話隱藏的真正動機——真正想為這場婚禮演奏、祝福的人，就是Neil。

「好啊，我們一起去，一起演奏。」小海沒有戳破Neil，而是更緊緊地依偎在他的懷裡，心裡默默覺得自己的男人傲嬌起來真的很可愛。

此時Neil從口袋裡拿出一條看似是項鍊，實則是做成了項鍊造型的USB，USB的形狀還是一張迷你CD的造型，CD上頭寫著迷你的歌名「UMI」。

「這首歌，只屬於你。」

小海愣愣地看著項鍊，「Neil……」

「你不會真的以為我特地帶你過來，只是為了賞花吧？」

Neil替小海戴上項鍊，低頭輕啄了小海一口，他很驚訝小海竟然為了這個驚喜禮物，眼眶竟然有點泛紅了。

「Neil，我好高興。」小海緊緊將項鍊貼近胸口，比起迫不及待要聽這首歌，他更想瘋狂地吻眼前這個男人。

一陣風吹過，花旗木的粉花紛飛，又有一班列車經過了，此刻他們正緊緊地擁吻彼此，捨不得放開。

——全書完——

NS

國家圖書館出版品預行編目資料

彈一場完美戀愛影視改編小說＝First Note of Love／A.Z.著 -- 初版. -- 臺北市：春光, 城邦文化出版：家庭傳媒城邦分公司發行, 2024.10
面； 公分
ISBN 978-626-7578-01-8（平裝）

863.57 113013211

彈一場完美戀愛・影視改編小說

小說改寫／A.Z.
原作劇本／柯映安、黃思蜜、鄒宛臻
企劃選書人／王雪莉
責任編輯／高雅婷
特約編輯／Sienna

版權行政暨數位業務專員／陳玉鈴
資深版權專員／許儀盈
行銷企劃主任／陳姿億
業務協理／范光杰
總編輯／王雪莉
發行人／何飛鵬
法律顧問／元禾法律事務所 王子文律師
出版／春光出版
台北市 115 南港區昆陽街 16 號 4 樓
電話：(02) 2500-7008 傳眞：(02) 2502-7676
部落格：http://stareast.pixnet.net/blog E-mail：stareast_service@cite.com.tw
發行／英屬蓋曼群島商家庭傳媒股份有限公司城邦分公司
台北市 115 南港區昆陽街 16 號 8 樓
書虫客服服務專線：(02) 2500-7718 / (02) 2500-7719
24小時傳眞服務：(02) 2500-1990 / (02) 2500-1991
服務時間：週一至週五上午9:30～12:00，下午13:30～17:00
郵撥帳號：19863813 戶名：書虫股份有限公司
讀者服務信箱E-mail: service@readingclub.com.tw
歡迎光臨城邦讀書花園 網址：www.cite.com.tw
香港發行所／城邦（香港）出版集團有限公司
香港九龍土瓜灣土瓜灣道86號順聯工業大廈6樓A室
電話：(852) 2508-6231傳眞：(852) 2578-9337
E-mail : hkcite@biznetvigator.com
馬新發行所／城邦（馬新）出版集團 Cite(M)Sdn. Bhd
41, Jalan Radin Anum, Bandar Baru Sri Petaling,
57000 Kuala Lumpur, Malaysia.
Tel: (603) 90563833 Fax:(603) 90576622 E-mail:cite@cite.com.my

封面設計／萬勝安
內頁排版／HAMI
印刷／高典印刷有限公司

■ 2024 年 10 月 29 日初版 Printed in Taiwan

售價／399元

本書由 GagaOOLala 授權改作

ISBN 978-626-7578-01-8

城邦讀書花園
www.cite.com.tw

廣　告　回
北區郵政管理登記
台北廣字第000791
郵資已付，免貼郵

115 台北市南港區昆陽街 16 號 8 樓

英屬蓋曼群島商家庭傳媒股份有限公司
城邦分公司

請沿虛線對折，謝謝！

愛情・生活・心靈
閱讀春光，生命從此神采飛揚

春光出版

書號：OW0018　　書名：彈一場完美戀愛・影視改編小說

請於此處用膠水黏貼

讀者回函卡

射您購買我們出版的書籍！請費心填寫此回函卡，我們將不定期寄上城邦集
最新的出版訊息。亦可掃描QR CODE，填寫電子版回函卡

姓名：________________________

性別：□男　□女

生日：西元________年________月________日

地址：________________________

聯絡電話：________________　傳真：________________

E-mail：________________________

職業：□1.學生 □2.軍公教 □3.服務 □4.金融 □5.製造 □6.資訊

□7.傳播 □8.自由業 □9.農漁牧 □10.家管 □11.退休

□12.其他 ________________________

您從何種方式得知本書消息？

□1.書店 □2.網路 □3.報紙 □4.雜誌 □5.廣播 □6.電視

□7.親友推薦 □8.其他 ________________________

您通常以何種方式購書？

□1.書店 □2.網路 □3.傳真訂購 □4.郵局劃撥 □5.其他 ________

您喜歡閱讀哪些類別的書籍？

□1.財經商業 □2.自然科學 □3.歷史 □4.法律 □5.文學

□6.休閒旅遊 □7.小說 □8.人物傳記 □9.生活、勵志

□10.其他 ________________________

請於此處用膠水黏貼

彈一場完美戀愛
First Note of Love